2021

中国诗歌精选

主　编——王　蒙

分卷主编——宗仁发

辽宁人民出版社

© 宗仁发 2022

图书在版编目（CIP）数据

2021中国诗歌精选 / 宗仁发分卷主编. 一沈阳：辽
宁人民出版社，2022.1
（太阳鸟文学年选 / 王蒙主编）
ISBN 978-7-205-10361-3

Ⅰ. ①2… Ⅱ. ①宗… Ⅲ. ①诗集—中国—当代
Ⅳ. ①I227

中国版本图书馆CIP数据核字（2021）第251354号

出版发行：辽宁人民出版社
　　　　　地址：沈阳市和平区十一纬路25号　邮编：110003
　　　　　电话：024-23284321（邮　购）　024-23284324（发行部）
　　　　　传真：024-23284191（发行部）　024-23284304（办公室）
　　　　　http://www.lnpph.com.cn
印　　刷：辽宁新华印务有限公司
幅面尺寸：170mm×240mm
印　　张：14
字　　数：235千字
出版时间：2022年1月第1版
印刷时间：2022年1月第1次印刷
责任编辑：娄　瓴
装帧设计：丁末末
责任校对：刘再升
书　　号：ISBN 978-7-205-10361-3

定　　价：58.00元

始终如一

尚仲敏

　　诗歌犹如一个大型组织，它给其中的每个成员都分配一席之地，使之按照一种集体精神进行工作。在同一个组织里，诗人各自成为自己情感的孤独的扮演者，只能和自己说话，并回答自己的提问。周围到处都是拒绝的耳朵，写诗似乎越来越变得可疑和虚妄，因为真正的读者已经锐减，诗歌鉴赏的能力和风尚日益衰落。当年，亚历山大图书馆一场大火，使希腊文学四分之三的作品付之一炬，而今天，诗歌的灭顶之灾不再是一场燎原大火，而是普遍的心灰意冷和激情的沦丧。

　　诗歌始终是既为所有的人，又不为任何一个人。诗人常常不知道谁是他的真正读者，一方面，诗歌的最终完成正在于阅读；另一方面，诗歌从不寻找读者。一部优秀的诗歌在被严格意义上阅读之后，总是倾向于引起沉默，引起瞬间的停顿、再现、体谅和同意，甚至感激。就像在一幅难辨真伪的绘画作品面前，只有行家才能鉴定一样，诗歌和它的知音相遇的时候，突然间会变得明晰、无疑，既不需要论证，也无法论证。我们在抱怨诗歌被边缘化的同时，却从来没有想过如何激起诗歌的知音。谁都不会为写字台的抽屉、为所谓的小圈子写作。关闭一件作品和打开一件作品，前者是为了完整，为了不使它受到损害；而后者是为了加入，为了唤醒和照亮人们的心灵所沉浸的茫茫黑夜。问题的关键在于，我们关闭得太久、太严丝合缝，读者已经无法也不愿加入我们。大量的清一色的诗歌在漫无节制地增长，真正的读者却与我们渐行渐远，这是一个基本的严酷的事实。当然，你会说诗歌是一项小众的事业，问题是，连诗人之间也缺乏真诚、认真的相互阅读，这一点我们都心知肚明。

至少有三种诗歌使我们陷入与读者完全对立的绝境：一是诗歌中的煽情和滥情。诗歌的本质在于抒情，情感、情绪、情怀是诗歌的催化剂和导火索，也是一首诗的起点和原材料。但抒情一旦开始，就必须进入"隐秘化和客观化"，必须加以节制。大量的诗歌先是心碎了，然后写到童年、故乡、飞鸟、月亮、落叶……完全个人化的情绪不加控制，即使写得完美和熟练，可和读者有什么关系呢？读者此刻也许正在工地上搬砖、在会议室开会、在餐桌上喝酒、在风中凌乱……他们为什么要读这些和他们毫不相干的诗呢？波斯王泽克西斯在看到自己统率的浩浩荡荡的大军向希腊进攻时，曾怆然泪下，向自己的叔父说："当我想到人生的短暂，想到再过一百年后，这支浩荡大军中没有一个人还能活在世间，便感到一阵突然的悲哀。"波斯王的伤感无疑将煽情、抒情进行到了极致，这种胜利者的感怀，在滚滚向前的历史车轮下，岂不是也犹如一粒尘埃？大场面的苦心经营的抒情，貌似找到了诗歌的真核，实际上只是一厢情愿的顾盼自怜和痛哭流涕，自以为能感动读者，其实连自己都感动不了。如何在诗歌中消解抒情，如何将个人的情怀置于大众化的日常叙事和情景当中，不动声色、缓缓说出而不是将此情此景强加、抓挠于人，是我们必须要反思和解决的问题。

再者是诗歌中不着边际的想象，伴随着晦涩难懂的修辞、隐喻、歧义、典籍，市面上大量的诗人在书斋和图书馆一方面旁征博引，一方面尽情发挥，在想象中展翅飞翔，宛如言语的阴谋家和构造意象的匠人。痴迷于想象，从而使诗歌语言远离精准和精确，看起来更像诗，但仅仅只有诗歌的皮囊。翻译体是这类诗歌的分支之一，复制、模仿国外大师和自我复制、模仿，什么都写到了，就是不写自己的内心，不写落在地上的肉眼可见的鲜活的事实。而真正的诗歌恰恰是微小的、无限的、犹豫的，甚至是讥讽的、戏谑的、自嘲的。说穿了，诗歌就是直观本身。直接说出，既降低了阅读的成本，像手术刀一样抵达事物的本质和要害，又能让亲爱的读者会心一笑或表示同意。象征是一种比喻性的写作，据说只有当比喻是某种象征时，才能够深刻动人，因为最难以捉摸才最完美。象征主义造成了语言的混乱和晦涩，显然违背了诗歌的初衷，远离了诗歌的本质。波德莱尔的"象征的森林"难道不是对森林的剥夺和强加吗？

森林在，我们也在，这就是我们和它的全部关系，谁也无法象征谁。象征主义大师庞德有过一首著名的《在地铁车站》："人群中这些面孔幽灵般闪现／湿漉漉的黑色枝条上的许多花瓣。"当我们怀着极大的耐心和敬意阅读这首诗时，指望能从中找到一种惊人的美和某种不为人知的因素，但最终我们发现，这只是庞德一厢情愿地强加给地铁车站里人们面孔的一丛"语言的迷雾"，使这些面孔更加模糊和难以辨认。无视当下、现场、事实和内心处境，滥用修辞，借助意象和象征，对想象力不加节制，刻意增加所谓"写作的难度"，使诗人成为人群中高深莫测、故弄玄虚的一小撮，从此诗人的形象被世人彻底误解和抛弃，有时甚至声名狼藉。

诗歌要不要讲道理？一大批诗歌是这样制作的，诗人似乎悟出了某种真谛，然后运用思辨、冥想、神秘等看似纯熟的技艺，把这些道理讲出来。这类意图明显的絮絮叨叨的分行文字，也许是哲学、文论、日记，但不是诗。诗歌是一种纯语言活动，一旦开始了，首先面临的是在一大堆字、词、词组中做出选择。优秀的诗人总能发现一种突如其来的语言方法，总能在诗歌中制造一种语言的险情，并设法保持语言的完整和诚实，使其不露痕迹、不受到任何人为的损害。有所言说，又等于什么都不说；不涉及诗歌中的文字说了什么，而仅仅涉及文字与文字相互间的关系。在一切意义和没有意义之间，诗歌激起了它的读者，迫使他们去读，实际上是读他们自己。谁也无法给诗歌制定国家标准，一首好诗的获得可能连作者自己都说不清楚，但我们至少知道，不预设目的、完全敞开的语言，打破规则和技巧，让诗歌的线条变得纯净、朴素、简洁和清澈，肯定是好诗。而那些讲道理的、说教的、思辨的诗歌，让语言服从于意图，使读者通过诗歌受到再教育，却不知道读者终其一生已经被教育得太多了。

尽管我们受到了太多的冷落和漠视，但诗歌毕竟不会消失，因为只有诗歌能够奇迹般地使整个时代和全部文化、语言完美地保存下来。一方面我们看到，一种貌似诗歌、更像诗歌实际上在加速诗歌死亡的作品，正在世界范围内漫无节制地增长；另一方面，我们却感受到了使诗歌再生的一线曙光，我们被它照彻，而一旦我们沉睡在内心的创造激情和旧的炽烈被它点燃，我们便被一种前所未有的巨大光荣所贯注，并确信我们值得毫不犹豫地把一生贡献给诗歌这种"荒诞"的事业。至今我们还没有失去诗歌，所以我们必须感激这个年代，是它向我们保证了为数不多的一些优秀诗人的持续探索。尽管他们之间还没有取得最后的、明白的、自身一致的看法，他们在彼此孤立的漫漫长夜里还没有取得应有的响应，但他们所进行的卓越努力是共同的。

好时光

◎钟 庸

坐在大海里。想象黄昏，日落，鱼群，和一阵
姗姗来迟的海风。

而这时，沙滩边一个老人，领着一个小孩，
在捡贝壳，螃蟹岬，和海的耳朵。

我不会惊扰他们，毕竟童话故事，并不会
总出现在梦里。

（原载《诗歌月刊》2021年第10期）

生命的静词

◎赵星宇

鸟儿是天空的一个动词

而在这里，一只鸟儿

成了树上的名词，同是羁旅在这座城市

我有无尽的悲伤，却从未向它

交付心事，可能这并没有什么意义

灰蒙的天空下，这位我素不相识的旁观者

持续喑哑，在飞离枝头时

抖落一地忧伤

（原载《草堂》2021年第6卷）

致正在蛹中的自己

◎施 展

这是一个远大的目标
我需要仰望它
所以学昆虫吐丝
将自己裹成蛹
沉浸下来
不受外部干扰
想要凭借自己
扶摇而上

可蛹里的生活是乏燥的
我等了许久
恼怒地问自己
怎么还没有转变
薄薄的蛹壳透露着
外面世界的光彩
几次想要破蛹而出
但我知道
这样破蛹
我可以从蛹里出来
却也代表着我在里面死去
残留一些破丝
再也结不了茧
所以我只好再次放弃最爱
放弃万物复苏、充满生命气息的春

放弃蟹美鱼肥、硕果累累的秋
把炎夏和寒冬藏在蛹里
灼烧自己
磨炼自己

我甚至不知道自己
究竟能不能成功羽化
长出的翅膀是否足够我向上翱翔
但我仍然愿意尝试
所以在蛹中蓄力
就算达不到目标
我依旧会破蛹而出
再用蜕变后的眼睛
重新来看这个世界

（原载《青年作家》2021 年第 9 期）

鹤

◎寒　芒

已不是第一次看它们在苔草、荸荠中
跳跃
双足白发飞舞。

天黑，它们来过又回
央求我将水生植物嫩芽和蚌、螺
藏好，守口如瓶。
四月，会忘记一些荒草，以及偏离航道
颅骨干裂，小而轻。

太阳融化，雨水先我一步抵达
沼泽：戴胜鸟落于桑。
迁徙要注意什么？
跟紧火车，入川时峡谷长风。

我看过车窗那双手，渐锋如匕
它们穷其一生飞行。

（原载《诗潮》2021年第9期）

我用尽了一切交流，并没有更接近

◎沈　耳

月亮的噪声把住我们，在夜晚愈加自如，
如黑白交错的座头鲸。我用尽了
一切交流，并没有更接近……

一阵雨站在坡道尽头，抬头看着起因。
那很复杂，就像我奔向
尚未隐瞒之事的速度永比不上隐瞒本身。

（原载《诗歌月刊》2021年第7期）

躲 雨

◎陈陈相因

牵着我漂流进单元门，她停下
内弯的双腿出露，如一对折好的
雨刮器。珍珠似的脚趾探头嘀咕
尽瘁寒事的街灯摇颤泪眼。躲雨
类似走入晦暗的共浴，万物放任其
脆弱的真实。她倾斜着倒入我，我们
发抖的泡影相溶，如一些骂骂咧咧的
月光缱绻。她是过于简单的知识，我们
乐于分享对方潮湿的餐食。轻枕我肩
冰凉的肌肤如一扇潜然小窗。祸水
满溢，门廊前就长出新的渡口。我们
沉默着，房间里的人们继续高声地辩论
潺潺的雨声又一次洗去松树的啼哭

（原载《星星》2021年9月）

没有色彩的长尾喜鹊

◎马　骁

你应当是蓝尾，因为那天，
石头不是因为新草，
而是因为树上明晃晃的小天堂
才沉甸甸的。

不同于石头的是，你的蓝尾并不是
因为沉困于春日的狱中影，才无法
染上点地梅、灌木和茜草的芳香的。

石头会不会因为觉得你的蓝尾很哲意
就觉得因为的重量应略轻于应当。他开始
认为自己应当是蓝尾，因为蚯蚓、松毛虫，
甚至刚从湖边回来的我，都因为他
才怀疑何为眼见为实。

你是蓝尾，应当是，因为那天
因为应当，你从容地用喙破开泥土，
在茁壮如远山的新草中，吞食了一只
渴望色彩的蚯蚓。你的长尾优雅地展开
春日所有影子的现实和现实的羽层。

（原载《星星》2021年9月）

无　题

◎瑠　歌

一种淡淡的恶心感
不断从人流
和人流的声音里
涌出

我是否
成为
好的诗人
诗歌是否是
解脱
多数时候
我很坚定
而更多时候
我平和地躺在沙发上
接受
手机触屏里的画面
事实上
我记住了
许多琐碎的时刻
仍能保持清醒
将一些神性的瞬间
转化为诗歌

（原载《青春》2021年第10期）

热带雨林

◎陈　航

常年多雨，且暴雨

食啃危险的荒凉，草木疯狂生长

人类起源于此，热爱神秘

雨直立行走，我们模仿

像某种未知被抵达

命运教会我们捕鱼和锻造自己

雷声越大，掌声就越大

丛林里有鹿鸣，也有狮吼

这可爱又凶猛的面相

教给了我们冷静

嘿，窗外大雨滂沱

你在屋内，门窗别关太紧

（原载《扬子江诗刊》2021年第1期）

白

◎君　晓

白的出场方式是一直不存在
让我们都意识到
聚在这里的人类，怎么每个都不同

白意味着节制、环保
但他自己才是最大的浪费
浪费时间（我们都不承认时间）

他找到了某个字母
不在那26个之中，他谎称
那是所有的学者还没有发现的语言

只要计算机再聪明一点
（怎么界定?）AI超越
现有的审美（怎么审美?）

白，生来被上色
隐匿在我们之中
被冠以无邪之名

（原载《诗建设》2021年夏季号）

过合肥东

◎西　尔

快睡着了，他开始数鸟巢
一个，两个，三个四个五个……
很快他就数不清了
很快脖子上的僵硬就传到了脑中
很快他就放弃了。快过
动车的速度，快过奔波的缝隙
快到心惊，快到睡意全无

（原载《三角帆》2021年秋卷）

之字形楼梯

◎袁 伟

伸出双手，给

彼此一个深情拥抱

之字形楼梯

让两栋房子搂成一体

热恋的人来后

就把鸳鸯二字当作黏合剂

时间越久，在此间

相拥的磁力越牢不可分

没什么能挽留

从楼梯上路过的光阴

素描或摄影

都只能定格某个瞬间

一种建筑所表达的风格

太过单调。之字形

像一句互文

有助于疲劳后的审美

（原载《芳草》2021年第3期）

相对论

◎张樱子

窗前的那群鸟
多么不羁呀，至少它们有勇气
将清晨啄醒
至少它们学会了用自己的翅膀
择这良木而栖
而我生来只有羡慕
将头偷偷探出窗外
窥探归来之鸟捎来的信息

（原载《诗潮》2021年第9期）

我从不担心花的脆弱

◎高　源

我从不担心花的脆弱

它会按时打开自己　释放胸腔中的怕

我担心的是树干

它沉默坚忍　如锡制的士兵

怎样才能让不会说话的事物开口　怎样才能消除

袒露内心的羞耻感

我猜不出你究竟承受着什么

承受不住的时候　我用一支笛子说话

鸟衔走其中温暖的部分　用来筑巢

我和我的你

就这样被封在泥和羽毛里

（原载《星星》2021年第6期）

敖 包

◎王彻之

即使最善欢呼的鸟
也不会盲目地厌倦它。
在每一个浪峰上，统治着运动，
尽管不动声色，任凭绿色的大海
在下方快速前移，太阳的血球飞速旋转，
我们的侧影为它分开了潮汐，
并怆然给它牵好缰绳。这欢快的小马，
昂着头，惊视着往来者，
他们祈祷仿佛死亡并不存在，
而水母色的月亮，正从西方下降，
沸腾另一侧的海面。光沉没入我们的眼睛，
以及悲哀，而我们的耳朵厌倦了帆。

（原载《芳草》2021年第3期）

山雀的徒劳

◎朴　耳

山上的与水边的是同一只
清晨看到的与睡前听到的是同一只
啄木鱼的与喝井水的是同一只
山雀耽于凌空而起那一瞬
选择放弃脚
放弃立足之地
想通过一次飞翔把自己从低处删去
人类也有相似的徒劳

（原载《扬子江诗刊》2021年第4期）

昆虫记

◎ 王二冬

秋虫聒噪起来，成群地跑着
有时像一团火，在肉身熄灭之前
仿佛可以燃烧掉昨日丰饶的旷野
更多时候，这些昆虫是东河西营的
配角，它们卑微、沉默
飞翔也只是悄无声息地扇动翅膀
像极了村里的老人，偶尔甩几下衣袖
空空的风吹过，恰似他们空空的一生
即将到来的冬天，是最难挨的季节
大雪覆盖下的土地，将睡满我的兄弟
——我们都是上苍撒在人间的孩子
所有孤独的发声中，都有神在言语
那些在雪夜走远的老人
也必是听到了另一个世界的呼唤
我已听不到他们的脚步声
只有风恒久地吹着，我的天空
星星逐渐增多——那些住进我心中的
昆虫啊，依旧活着，用我的嘴巴
在大地上，吐出点点星火

（原载《北京文学》2021年第4期）

蜜 蜂

◎王 超

从未见过如此迷人之物
像一只神兽，身体之上有老虎一样
的金色绒毛，细腰，膜翅
让身体变轻，隔着花朵，它
震颤那伶俐的翅膀，仿佛一只猛兽
在打探它的领地，仿佛梦呓
在叙述一场花事，而春风傲慢地推搡着
抚摸那些花絮的词语，蜜蜂伸长了
口器，它采集花粉酿造甜蜜
它不会回到那些旧事物里
不会作茧自缚，更不会停留在一朵
凋零的花瓣上，太久——它
在它编写的舞剧里，做最好的舞者
它曾震破了一轮圆月——

（原载《草堂》2021年第5卷）

倾 斜

◎ 小 书

我临时占据了这里
携带着北方深冬里受冻的深情
某些复杂的力量让我保持着收缩和倾斜
在人世
有多少人大于枯萎小于死

他们却不懈地变换着姿势
悖逆和掠夺
他们是茂盛和密布的大多数

即便这样
我也不曾诅咒过你们的对峙
时间辽阔
将我们统统笼罩、收割

（原载《江南诗》2021年第4期）

秘　密

◎希　贤

雨后，建筑呈琥珀色
那么明澈、静穆
星辰流驶于淬火般的生活真相里
秘密是调色盘里的蓝与灰
掩映在猩红的轨迹中——

但愿我看懂了沉默和咆哮的同一性
但愿我还能告诉你
一些藏着秘密的事物潜移默化成了花朵

你看啊
整个夜空都在不停地绽放

（原载《十月》2021年第3期）

落雨的午后

◎龙　少

雨落很急的时候，我正在书房擦地板
没有比这更好的事情，用来打发时间了
我穿青色的睡衣，轻轻擦拭着木地板
一点点面包屑是早餐留下的残物
凌乱的书是昨晚翻过的
这一刻除了雨声，我没有听见别的声音
我时常沉默，思维缓慢
我要经历的，别人已经经历过了
而别人遗弃的，我还握在手心
当我带着我的孤独，活在自己的日子里
我的朋友，为什么
你没有喊我一声
我的朋友，为什么
你还正在我的骨头上种植着蔷薇

（原载《十月》2021年第3期）

灵魂通信

◎戴潍娜

唯有最欢愉的人有资格沦为最悲伤的人
唯有新晋的生命，可抵消衰死的命运

白云，你的新坐骑？
寄来另一座城市的歌声
我把一生正着念了一遍，又倒着念一遍
齿间，经书滚若咒珠，道不清——
前朝与后世，一轮轮回炉的爱
墓园将是未来之花园

我亲见，你从死亡中习得了欣喜
浇入嘴角的泪，竟尝出新泉的甜沁
一瞬间，死亡叫你没了脾气
一转念，你又恢复了儿时的淘气
腻味了在这世上尊为垂暮老者
另一处光明之地，你就是最新鲜的来宾

记住，我们保持灵魂的通信

（原载《草堂》2021年第9期）

对大地的观察

◎肖　水

冬天的轮廓日益清晰，穿过陡坡下的隧道

光的那头，河流像伐倒的树干

我们什么都没有听到

就像长久以来，我们都是沿着墙

缓慢而行，路面的积雪

已被人无数次修正，再没有别的事物

能在灰色的钟之下

长出细草一般的裂缝，长出

与星辰对应的船尾和稠密的宁静

太阳的巢穴，越来越远

每次怀疑，风都从侧面吹拂我们

被看见的，在体内，并不清晰

沉默不语的，也并非在用手掌拍打着自己

或许，我们只能从死者的头骨中

探测到生者的心跳，而眺望

只是远处的一片芦苇，它密密麻麻地

连着堤岸，连着桥梁的沉落

但是无法让我相信

夜是狂野的、真理有火焰的香味

（原载《黄河文学》2021年第1期）

对光的怀疑

◎笨　水

冬季晚上七点多钟
回家的路上
往西南方向看，高空有一粒亮光
它是飞机吗？飞机，应该移动
是星星吗？星星却只有一颗
是避雷针尖上的灯吗？灯应该频闪
一粒纯粹的光
因为不确定，而被我们怀疑

（原载《诗潮》2021年第6期）

被虚空注满的人

◎尘　轩

一个被虚空注满的人，看起来像个器皿：

不同于玻璃，他并不透明
搭乘运输工具，不用贴上"易碎"
不同于陶瓷，想刺伤他不必用金刚钻
想摔碎他，也不必举起来
不同于不锈钢，他额头上的高光很稳定
没有镜面的身体，磁铁亦吸附不上
不同于塑料，不易燃、不可回收再利用
对于世间的告别，是一次性的
不同于木头，他的肤色不是漆出来的
几根钉子和胶水，固定不了他的一生
……

一个被虚空注满的人，看起来到处是敞口
空气般漫溢出来，注入更多人的体内
我看见许多器皿在大地游走
看上去满当当，端起来轻飘飘
一个被虚空注满的人是透明的
感觉上不复存在，敲一下却有回声
……

（原载《花城》2021年第1期）

手 艺

◎飞 廉

多年以后，写诗时，我常想起烤烟叶的父亲，
干活时小心翼翼的样子。

大舅老了，随他一起老去的，
当年火星四溅的大锤，和他的宽厚、侠义。
四姑父死后，
吹玻璃，在我的家乡再无传人。

昨晚，望着断桥下的新荷，我陷入悲伤：
那些古老的手艺，即将一一消失，
未来的年代，或许再不会有读者像你我
这样热爱李商隐。

（原载《浙江作家》2021年第6期）

寄　北

◎胡　亮

总有一样绝不会服软：要么是红叶小檗，
要么是积雪。当两者同时出现在北方，
似乎造就了小寒
与小暑的短兵相接。红叶小檗的椭圆形
浆果如同绛色繁星指点了积雪——
素颜的诗人啊，
让我们精通平静而不是哀愁。

（原载《诗建设》2021年春季号）

有 尾

◎张二棍

仍有尾巴，被踩在谁的脚下
不停颤抖。仍有鳞片，被谁的双手
翻来覆去，刮着。兽夹上那条断腿
是我的。粘网上带血的羽毛，也是我的
……你知道吗，我一次次避开自己
生而为人的真相，苟活在
这险象丛生的幻象之中
你知道吗？我每一天都沉溺在
一个食草动物的胆怯
与无中生有的疼痛之间
由此，来骗取
对自我，一闪即逝的同情

（原载《人民文学》2021年第9期）

隐身术

◎伤　水

我目睹隐身术
一个面对飞驰的人有急刹的车灯
然后留下惊恐的衣服
迎风飘走而留下风
影子没入黑暗是经常性的黑吃黑
你在光中隐身留下光
花隐入果子，果子隐入口齿
都是咬嚼性的破坏
而隐身，似乎附身的爱情把你剥离
留下爱意而没有爱人
留下手段而没有手
你闭嘴，是舌头的隐藏而不是溺没
你和我一样，总有太多没有说出
真相隐身为假象
隐瞒而不欺骗——貌似策略
实则是精致的狡猾
白狐狸跑向雪地，空白相隐于空白
需要孤独而又害怕孤独
让你停下来的东西肯定没有
让你隐身的法术无人能传授

（原载《诗建设》2021年春季号）

瞬 息

◎ 熊　焱

有时我在深夜渎书，读着读着就走了神
仿佛是在远行中，突然拐进了
另一道虚掩的门

有时我站在窗口，看着喧嚣的长街
那些交替走过的孩童、少年和青年
仿佛是我人生中远去的梦境

有时我乘着高铁和飞机穿过茫茫岁月
在飞驰的奔波中，我疲倦得直打盹
醒来时我已穿过千山万水
抵达了杯盘狼藉的中年

而我最终会从人世穿过——
只是闪电划过苍穹的一瞬

（原载《西湖》2021 年第 6 期）

以胡枝子为例

◎王晶晶

芒草，葛花，抚子花，女郎花
兰和朝颜

还少一位，别急，它在过雁时
它在相思处，它在两个省之间
画完春风画秋风

它已将山野的空篮子装满浅紫和深紫
抑扬顿挫，它已将整个梦境
诵出体外，连空气中都飘着韵脚

繁星满天，汹涌成海
在塞北的风沙口，开出冬天以外的神话
它是萩，是秋日七草中一粒饱满的词

是你们再熟悉不过的，胡枝子

（原载《诗潮》2021 年第 9 期）

时间慢了下来

◎周　簌

郁孤台翘起的檐端，榆树的新枝
生得有点凌乱，江水不管这些
拂开它们新绿的乱枝，继续向前，转弯
它平静得像没有流动，它的混浊

带来一个清澈的下午
一只长尾山雀，正啄食苦楝树的果实
另一只嘴衔着枯枝，正忙着搭窝
它们要生一窝幼崽，在适合恋爱的季节
它们爱得旁若无人

我们如此相像，对两只山雀的生活着迷
我们如此相像，喜欢白樱甚过粉樱
我们低温，重情，真诚又怀疑
说最少的话，爱极少数的人
不愿意在一堆人群中看风景
我们站在一棵悬铃木下，倏然觉得
时间慢了下来

（原载《作品》2021年第10期）

土　豆

◎王单单

这卑贱之物，放弃了骨头

连肉身都是多余的

光溜溜一颗心脏

裸呈在世。给它一刀

劈成两片，埋进泥土里

它仍然能抽芽，破土

在伤口中长出新的自己

仍然沉默着，来到你面前

走上祭台一般的餐桌

把你奉为神灵，供养着

在此之前，你藏起

刽子手的脸，对其施以极刑

切片，切条，拉丝

煮、蒸、焖、烧、烤、炸

甚至被活着剥皮，捏成泥，打成浆

而它一直顺从你，作为行刑者

你心安理得，细嚼慢咽着

无意间沉浸在，因杀戮

而带来的愉悦中。即便如此

这卑贱之物，仍然对活着

怀有莫大的热情，你看

墙角里那一堆，尚未被召唤

就已来不及，互相压迫着

将芽子，从身体里

挤出来了

（原载《四川文学》2021年第5期）

给 我

◎许天伦

请给我腿脚，让我可以

脱离轮椅，奔腾于万里辽阔的疆土

请给我手指，让我能够得到，高山流水的太阳

和默不作声的星月，并且以最为羸弱的光

触摸，萤火虫也难以寻察到的微观世界

请给我爱，给我恨，给我七情六欲堆积的疼

我的身体里豢养了一头流眼泪的狮子

它所渴慕的森林，是父亲的麦子、母亲的布匹

每天，我都默默地看着劳苦的他们

每天我祈盼上天，给我另一个自己

能在他们日渐衰老的足迹里，留下一瞬

健硕壮丽的身影

（原载《西部》2021 年第 3 期）

活　着

◎李　点

我们带着各自的偏见活着

在爱中

恨中

在快乐中

在忧戚中

我们无法改变自己

也无法改变对面的那个人

世界不会因为我们的固执己见

而有所改变

它浮沉，晃动

令人遐想

也令人不安

更多时候

我们努力着，尽着自己的本分

做不让自己后悔的事情

确信活着

也是一件不容置疑的事

（原载《凤凰》2021年上半年刊）

鸽子花

◎黄海兮

鸽子花开
千万朵花开
龙苍沟的花海
我只采花一朵
那一朵很白
映照在天空
无需召唤
千山不动
流水飞扬
我的呼吸
不过是这些鸽子花的
千万翅膀中的一丝颤动
蝴蝶般的颤动
蜜蜂般的颤动
我已经迟来
它们早于我之前
已经展翅
已经拥抱
与大地合谋

（原载《作家》2021年5月号）

雪

◎桑　子

没有声音，世间已足够嘈杂

众人开始在内部瓦解自己

——全世界最孤独的光亮

大雪纷纷扬扬，持续的死

它将超越时间赢得不朽的名声

它将以沉默说出一切

它将消失在稠密中

到处都是深藏的自己

我们因此与万物柔和牵连

夜轻如羽毛

一场肃穆的葬礼

无人被埋葬

雪锋利如兵器

小剂量的死亡和潦草的梦

是我们失去和从未存在过的一部分

（原载《作家》2021年5月号）

清晨所见

◎小　西

两只蚂蚁
往返于绣线菊白色的花朵之间
像两辆黑火车，在皑皑大雪上
一趟趟运送着晨光

（原载《星星》2021年第6期）

我将被再次养育

◎纪开芹

艾蒿、野蔷薇、乌桕、桑、毛莓……
我不断默念它们名字
生怕忘记
好在容易分辨，即使混杂在一起
也总是带上自己的面孔
不像我，躲在人群中
像一滴水落入墨池

最初我由一棵灌木进化而来
枝干是我的骨骼，叶片是我的血肉
那时，我干净，朴素
尚未沾上尘世恶习
该发芽时发芽，该枯萎时枯萎
绝不会违背时序
那时，我看所有植物都是宗亲

现在，我一点点被我弄丢
一路上，我不停地问：
你们看到一个披着晨光的人吗？
你们有没有拾到一颗草木之心？
它们都同情地看着我
张开怀抱，让残破的我走进去
用枝条缝补我，用汁液重新养育我

（原载《星星》2021年第6期）

傍　晚

◎刘棉朵

这是一天中最美的时光
太阳落下了但光辉还在
羊群从很远的山上下来
桌上的经书
被晚风悄悄地翻开
人间的灯火渐次亮起
劳作了一天的人们
都已回到家里
米饭、土豆、汤和筷子
已经摆上了餐桌
苍茫的浮世，简单的饭食
在太阳的余晖
以及温暖的灯光下
开始散发出了人生的光泽

（原载《草堂》2021年第5卷）

一个声音或鸟鸣

◎麦　豆

一个声音，你总是听见
它，一个声音
你需要听见它
确定自己环绕在它周围

一个声音，它存在
但需要你去寻找
它在一棵树上，在一只鸟那里
它在，让你获得心安

一个声音，它来自一只鸟的腹内
但它并不是鸟鸣
它意味着那寂静之处
在发出某种召唤

（原载《汉诗》2021年第2期）

看母亲种菜

◎刘 年

愿意和美好的事物坐在一起
靠河的土埂上，有胡葱花、豌豆花、鸢尾花

她依然会跟菜说些老掉牙的话
而菜，回她以新的叶片和花朵

四十年了，她种的黄瓜依然麻口，她浇的粪依然是香的

（原载《十月》2021年第2期）

苍山之忆

◎谢　君

落日静止，坚固，黄泥巴的
滇缅公路上，汽车扬起黄尘
苍山下的小院内，采光
不良的阁楼上，我的兄长在写信
追逐州花灯团一位女演员
我的姐姐嗜书如狂，放歌
抗战歌曲，我的父亲研究汽缸
压缩比，以解决空气稀薄
导致的点火不良问题，母亲
割着鱼身，从下巴处打开
直到尾巴的分叉处，当晚霞
覆盖西方，晚餐端上桌子
彼此紧挨的酒瓶，仿佛一支
整齐的合唱队。是的，那里有
一种合唱仍在等着我，秘密地等着

（原载《汉诗》2021年第1季）

春 雨

◎阿　波

外面下起了雨，我走到阳台
小白花一动不动
栏杆上挂着的水壶倾斜着
天色还清淡

能看见模糊的初月
屋里传来孩子们的声音
未到达的停留在近处
一起向我展开

春雨落在身上
人什么时候感到爱意
就什么时候感到羞耻
白昼已尽，鸟未止鸣

相对坐着
看到你的容颜
怀恋都在群峰之外
它们像雨滴打在窗檐

（原载《江南诗》2021年第4期）

草

◎李　庄

有时我也和草一样弯腰

比如说扶起跌倒的两岁的女儿小米

比如说伏在渐渐变冷的父母身上痛哭

当然，也有与妻子纠缠的时候

两根草绞在一起，多么绿

哦，大多时候是在阳光下月光下站立

特别是雨后，一阵微风吹过

我轻轻摇晃

想起早年割过我的镰刀

会有几粒露珠，滑落

但你不会懂得，那一阵从青葱

到枯黄的颤抖

你还好吗？镰刀

（原载《人民文学》2021年第2期）

橘子气味

◎余幼幼

手指之间的橘子皮味道
正好形成时间之蹼
而非空隙

抓住流逝的下午
而非正在进行的下午

橘子被吃掉后
周围都环绕着它的气味
拨开这些气味
一颗完整的橘子
置于手中

（原载《扬子江诗刊》2021年第1期）

野 花

◎宗小白

不知名的野花生长在道旁

风一吹

它就点点头

再一吹，它又点点头

它见的风

多了

没有哪阵风

吹倒过它

倒是那些风

吹着吹着

就不见了

（原载《小诗界》2021年第2季）

想写一封信

◎包 苞

想写一封信，像多年前一样，
写进雨声、鸟鸣，写进半夜的心跳和梦中的笑声，
铺开纸，却只写下了一盏孤灯。
灯光摇晃，纸上的事物就一片凌乱，
我甚至不能按住一缕清风所裹藏的虫吟，
只能把它团起来丢在风中。
我一次次写，一次次团起来丢弃，
好像被风吹动的，都是我惴惴不安的心。

（原载《山花》2021 年第 3 期）

在海边

◎易　翔

有时像猫一样舔舐，有时又
猛虎般扑上来，
总是一再地，大海把它的
浪花送到我们脚前，然后又收回，
如世间起起落落的悲欢。
远处，一只飞鸟翻过海的脊背，
它还有许多天空要飞，
沙滩边，孩子们在
造一座城堡，他们的尖叫声
来自海水对城堡的猛击
——毁灭也能让人如此兴奋。
而我们，一边游向水深之处，
一边寻找风浪中的平静。

（原载《诗刊》2021年6月号）

下雪了

◎胡　弦

下雪了，纷纷扬扬。
无论你有过怎样的幸福和烦恼，
现在是雪的纷纷扬扬。

下雪了。有人曾谈论雪，
雪，像是从一场谈话里落下的。
它落进行人的背影里，缓解了
又一个时代的痉挛症。

下雪了。雪，前语言的状态。
而一根树枝，
像个正在诞生的细小词节。

雪落着，人间没有隐喻，
浪漫是件不体面的事。
——我暗恋过你，这暗恋，
像人类没有能力处理好的感情。

雪在落，世界慢慢变白，
我们和雪在一起。我们的屋顶
已再次得到确认。

（原载《上海文学》2021年第8期）

旧手机

◎代 薇

只要充上电
仍可以显示
一些信息
只有疤痕般的记忆
而疼痛已不在那里

每个刀枪不入的人
都曾千疮百孔
每个华丽转身的人
都曾至死不渝
烟花易冷，人世易散

在能够拥抱的时候
请务必
用力一点
长久一点

（原载《草堂》2021年第4卷）

这不是真的

◎张执浩

被鸟叫出名字的人不相信
这是真的，因为他不知道
那是什么鸟；被鸟从人群中
叫到树下，他也不知道
那是一棵什么树
被鸟一遍遍叫着
他在树下仰起头
循声望去，能看见
少量的天空，大部分天空
闪烁在树冠背后，大部分人
路过树下问他在干什么
少量的人会停下来默默地
帮他一起去树上找鸟
鸟不叫的时候，大部分
天空都像不存在的你一样
被我在心中呼唤着

（原载《花城》2021年第1期）

回家之路

◎育　邦

田埂通向更纯粹的土地。你离开家门，
我在又聋又哑的旷野上走来走去。

你从灌木丛般的旧时光中爬出来，
浑身是血，战栗的眼睑紧紧闭合。

请指给我河流的方向，我的忧郁水手。
请取下我的帽子，我的死亡新娘。

黑夜救赎我们，从不曾缺席。
别担心没有柴火，星辰照亮回家之路。

逼近晨曦的黑色契约已经作废，
而我们，交给大地的只有灰烬。

这时，我变得很富有，
采摘一朵蓟花，献给你。

（原载《西湖》2021年第10期）

往　昔

◎小　引

冬天我来过这里，秋天我再次到来。
仿佛一年之中季节颠倒，
一个看过落雪的人，重新目睹了落叶。
斡难河的流向会不会因此变化，
但也许只是错觉，
晨光中袅袅炊烟安慰着大地，
而大地沉默，安慰着我。

（原载《草堂》2021年第7卷）

秋之书

◎西　渡

海棠木瓜在枝叶上渐渐
显山露水，藏不住的香
招惹最后的蝴蝶飘飞
如一阵纸屑。阳台上

一排暗青的柿子刚刚
采自树林；最后的秋阳
将赋予它们阳光的原色
挤出体内残余的苦涩

用它酝酿的甜款待
远道来访的友人
证明越过夏天的友谊
还像山脊值得信赖

一切大地辛苦孕育的
是我们唯一可以无愧
而献出的：为所爱者
也是我们仅仅拥有的

（原载《长江文艺》2021年2月号）

枯　叶

◎泉　子

你必须在死亡中理解生，
就像你必须从一片枯叶中萃取永恒。

（原载《诗建设》2021年夏季号）

时间的旅行者，他偏爱图书馆

◎黄礼孩

诗，寓言，历史
无尽地深入感官
带来生，也带来死

明暗交集处
书页发黄，一股酸味微微泛起
所有的旅行都是磨难
寂静处，隐约听见作者的咳嗽声

收藏的大海涌动
互联网梦境一般摇摆不定
图书馆的建筑群
住着不同时代的缪斯
他们不知疲倦地争吵
痛哭，惭愧，非为过去
而是源于未来

但更多的声音被遗忘
恶俗掩盖了世界
思考停止之处开始腐烂
那些亏欠的生活
在阅读的差距里被丈量出来
经典的篇目
什么时候被捡起

它的边界就什么时候苏醒
去拯救多一个词
那个脱漏的生命就被看见

对光的渴望，就像鸽子飞起
翻动书页，手握住了盈动的光
光把贫瘠的读者区别开来
站在人类又一个艰难的世纪
世界始于一本带电的书

（原载《西湖》2021年第9期）

长江赋

◎刘　川

好多读者认为我的口语诗
是天天在写
流水账
其实，我也愿意
让自己成为一个
不断记录流水的账房先生
比如此刻
面对着长江
这个巨大的
账本

（原载《绿风》2021年第5期）

马

◎姚　辉

汗血马自朔风中归来
它挤窄了偏北的黄昏与寒意

戈矛堆积的史册
经不起最轻微的嘲讽
马扬起长鬃　只有马
能让黝黑的甘苦成为历史

人影被马的嘶鸣覆盖
马是孤独的　它拥有过
太多的痛与天涯

它携带的旌旗不断生锈
它还将属于
哪一种酸软的旌旗？

它还更换过谁的故乡？
朔风转了一个方向
马　会在哪种时辰遇见
灰白之雪？

马让尖锐的黎明变得陈旧

（原载《草堂》2021年第6卷）

绝壁之间

◎路 也

汽车行驶在万仞峭壁的走廊
两旁是直削而立的绝望

崖壁上写满了洪荒的锈迹
石缝间生长着少量新绿
偶见一簇黄花，摇曳前世今生的恍惚

从车窗探出头，仰角接近九十度
才能望见窄细的天空
大地以石壁做梯子
直直地通向至高的深渊

唯有行走在这样的绝壁之间
才会触碰到陆地的根须和苍穹的睫毛
地球历经了多么大的苦痛
才铸就这眼前的崇高

人到中年，别再跟我谈什么江南
早忘了忧伤为何物，此时我正独行太行

（原载《草堂》2021年第6卷）

咸鱼干

◎卢卫平

在它还是一条鱼的时候

大海就在黑暗中

让它的体内存满盐

它只有成为鱼干

才会见到阳光

它在阳光的炙烤中

将体内的盐一粒粒渗出来

它自己腌制自己

让每一个用它下酒的人

喝到伤感处

一杯接着一杯地问

是什么让一条鱼成为鱼干

还想念着大海的味道

（原载《人民文学》2021年第10期）

衰老的预言

◎老　贺

呼吸是桥
沉默是虚空
我一脚踩进词语的漏洞里
记忆是不可靠的
往事是不可靠的

月光下　空无一物
的白色命名，
白色隐遁
月光下，寂静挽留着拒绝之香
在允诺中藏头露尾

在沉默与沉默之间
我从词语中抽出肉身
进入冥想，
我从冥想中抽出遗忘
进入现实

那些年我从月光中抽出
风月宝鉴
满世界照猴子
人妖颠倒
正照反讽
花果山变成了大荒山

我又请来和尚道士
在每一块石头上
写情书

而事实上，
是我被他们
刻在了石头里
一刻几千年
连每一个预言
都衰老得
长满了荒草

（原载《江南诗》2021年第5期）

万物变得温柔，在你转身的时候

◎大　卫

空气有弹性，风也不是硬邦邦的
宁静这个词仿佛刚发好的面团
用手轻轻一按，就会产生美丽的凹陷
巷子愿意笔直就笔直
愿意弯曲就弯曲，挂着的灯笼
与躺着的灯笼怎么看都是一家子
连自行车都是它自己
屋檐用野花勾边，野花不够了
就用燕子

暮晚，有归家的人，有钟声泼于河面
应该，再有一只小小的乌篷船
欸乃之声里
霞光落入河水，桨不动，船任意滑行
蜜蜂与蝴蝶，分享同一个天空
鸟不用飞翔，走着的与站着的
都没有重量，花开就是重复自己
云彩可以落在街东
也可以，落在街西。

而你，只需一动不动地站在那里
抿着嘴，而又不全是火焰的样子

微微转身，整条街道都是安静的

是宝盖头的那种安静，你的手里

再有一只手就完美了

肩膀上的空气，与脖颈处的空气

都甜得可以亲

你站在那里，让天使第一次有了烟火气

让整个世界，变成一座花园

每一朵玫瑰，都在它自己的亲切里

每一枝百合，都在它自己的摇曳里

（原载《诗歌月刊》2021年第10期）

老光芒

◎韩文戈

去过一些名人的家
越老，他们的家居就越简单
岁数最大的那位
成就也最大
依然住在老房子
整洁的家，阳光照着临窗的植物
室内装修简易而陈旧
摆着老写字台、老沙发、老电视
墙上，巨幅黑白合影
留住了曾经的激情时代
一盏老式落地台灯靠着老书架
老伴陪伴他一生
这些老物件共居一室
彼此辉映，时间的老光芒

（原载《诗刊》2021年5月号）

他们说他们望见星辰大海

◎喻 言

云层遮挡天幕
身居大陆深处
他们仰首眺望
没喝酒，每张面孔
依然透出潮红
他们大声诉说
他们望见星辰大海
说完后，相互点头
鼓励的眼神彼此相送
默默注视他们一举一动
当所有目光转向我
没让他们失望
我努力做出兴奋的表情
也假装望见星辰大海

（原载《诗潮》2021年第8期）

总会有一个人

◎李 南

总会有一个人的气息
在空气里传播，在晦暗的日子闪闪发亮
我惊讶这颗心还有力量——
能激动……还能呼吸……
和那越冬的麦子一起跨过严寒
飞奔到远方。
总会有一个人
手提马灯，穿过遗忘的街道
把不被允许的爱重新找回。
冷杉投下庄严的影子
灰椋鸟忧伤地在林中鸣叫
仿佛考验我们的耐心，一遍又一遍。

（原载《小诗界》2021年第2季）

那些配得上不说的事物

◎毛 子

我说的是抽屉，不是保险柜
是河床，不是河流

是电报大楼，不是快递公司
是冰川，不是雪绒花
是逆时针，不是顺风车
是过期的邮戳，不是有效的公章……

可一旦说出，就减轻，就泄露
说，是多么轻佻的事啊

介于两难，我视写作为切割
我把说出的，重新放入
沉默之中

（原载《小诗界》2021年第1季）

炭

◎杜绿绿

眼前的她是这样懦弱。
弯曲成半圆形，
像微微闪烁的星星
散发出犹豫。

一个柔软的、跳动的
逐渐暗去的
光体。

你可曾触摸过？

她比秋天的山林
还要干燥。
晨光照耀她的脊背
凸起的骨头刺着
这块皮肤。

细骨上有块凝滞的炭
既不愿熄灭
也放弃了火。

她忍受着，
炭灰填进身体。

你可曾吻过
她的忍受?

（原载《扬子江诗刊》2021年第1期）

宁静回到我的心中

◎颜梅玖

温暖的午后，我漫步在乡间
像卢梭那样
也走了很长的一段路
从拐了十几个弯的小路到田野
遇到许多我熟悉的植物
有时我学它们的样子
沉浸在自己的世界里
有时从叶子细微的颤动中
猜测风如何在叶脉上走动
沟渠边，扁扁的豌豆荚
正在做一行一行的梦
危险的曼陀罗
提着自己的白裙子，随时准备松开
空气里是艾草的味道
肥料发酵的味道，混合着泥腥味
风也不时送来野花椒的清香
在没有人的地方
我尽情呼吸着生命的味道
在没有人的地方
我获取了自由

（原载《作家》2021年6月号）

深 秋

◎侯 马

苹果树最高的枝头

还挂着几枚

红透的果实

我从房顶可以

把它们轻轻摘下

不过我心里盘算的是

还有哪位朋友

要造访这

塞外的深秋

（原载《芳草》2021年第1期）

黔菜记

◎张晓雪

甘蓝是被灌醉的丛藤，声色归心，
但认识受苦的人。

青豆躺在豆荚里，不执手杏花和流年，
或者与走乱的光线分界，沉思。

菜花一直开下去，看客沉入艺术的
阐释学，食客伸出了一只箩筐。

晶莹的真相是一束芹菜，
利刃站在上面，向着有光的地方划去。
脉络断如绝句，伤口贞脆且有用。

羊肚菌是素食主义遁世的食物，
冲破了"小鲜三分绿"的界限，
与空白、断句，内心放下的石头一起谈。

菜蔬无数，一畦接着一畦，
以善念安顿岁月。展望快手、好厨师，
和铲、勺。

菜蔬无数，万物拿去旧日
交换黔菜的青、白、碧色——

云朵为茂盛付过了。风，沙沙吹，
饱含着激情，叫卖天空的蓝
和菜叶的绿

（原载《汉诗》2021年第1季）

在春天，你是必不可少的

◎慕　白

在春天，你是必不可少的
红豆杉是必不可少的
青冈栎也是必不可少的
但我不知道你是谁
不知你什么时候能够回来
比起我对你认识的贫乏
这些都显得微不足道
我知道你在，任何时候都在
有时是一缕花香
有时变成一阵风藏匿进一棵草里
我甚至感受到了你的呼吸
听到了你的心跳
你为什么就不肯出来见我呢
时光那么短暂
快出来见见我吧
哪怕你是不远处的那一段斜坡
我也要跑上去拥紧你
清晨的雾像天空的一道伤口
你的名字比影子更为寂静

（原载《诗潮》2021年第5期）

秋天的时间

◎杜　涯

层层树林的大地上时光凋零
无限宽广的零落的时间
万物都等待其中，安宁地凋败
此刻定有我某个清晨的忧郁余梦
此刻我明白我也是忧郁一物
"斑斓有你，凋零有你，
秋天的崇高有你。"
因而我懂得：秋天
曾经下降，如今持续地上行

此刻我置身于万物的缓慢温良中
我拥有陪伴和漫长告别的时间
一年又一年，我告别它们
每一次我站在这里，看见受伤的黄昏
也许我更多知道一点自然的秘密
知道在秋天的时间里，有何物在前
秋天其实是一条时空的隧道
万物必将进入其中，通过其中
万物也会在其中被改变
包括飘零之年，包括它们的无常的时间

（原载《诗歌月刊》2021年第4期）

明月山下

◎李海洲

小径远到农业的心脏
江面平缓,鸥鸟涂抹的诗
正在被芭蕉和虫鸣送给过客

炊烟下,绿萝开出白花
胸藏泉水的说书人扶栏推窗
汽笛声吐出往事和篝火
他忆起旧宅潮湿的家谱
明清遥远,丘陵早已变为桑田
他看见繁星把明月山照亮

村落像油画,这秋天的颜料
比一座美术学院还多
粮食长进命脉
天色晴好,庭院里果实悬挂
街口的葡萄藤缠绵巷尾的柚子花

返乡的人从此不再远行
打理出马蹄声送给昨天
迁居到春风里,听潮水抚岸
渔歌唱出五柳先生遗留的书信

这归宿古意盎然
这一山的甘露陪着东去的大江

野史里帝王偏安的河流

在江水拍岸的正史扉页上

抽丝出新一天的鸡鸣

筑梦境而居的人正在醒来

心很绿，天亮得很早

说书人独自下了明月山

村落寂静，云朵顺水回到人间

（原载《黄河文学》2021年第4期）

大雪中独自驾车回家

◎池凌云

在一个由仓库改建的酒庄里，
当我们结束晚餐，推门出来，
忽见一场大雪纷纷扬扬从天而降。
天地异常安静，我们像孩子一样欢呼，
伸手去接，仿佛可以接住一些什么。
积雪无声铺展。地面上的石缝也已消失。
而我要在大雪中独自驾车回家，
我与他们挥手告别，不到一分钟
就在他们眼里消失。我开始
他人无法知晓的路程。
碑石与村庄在雪片下
庄严而深邃。前路茫茫，
我心有恐惧，又精神一振，
顺着积雪的护栏，我小心行驶，
我怕忘记路上经过的事物
而我没有遇见一个人。想起
绽放与凋零，各种喧闹
都归于完美的白色，就像非凡的美。
我想唱出来，可我的鼻子黏乎乎的。
我震惊于这天地之间的诗。
我领受这一切。

（原载《作家》2021年7月号）

月 夜

◎沉 河

今晚的月亮很圆，很大
人们的赞美声高达苍穹
但与繁星相比，它仍然孤独
而每一颗星其实有着
更遥远的孤独。与此相仿
一个独自看月亮的人，也在江边
充分显示着他的孤独性
他把庙堂藏得很深
听着近处的蛙鸣有一声没一声
远处的狗吠爆发一阵后
也不再有响应。天地与我并生
万物与物同一。由庄生在地底
的呓语，他不禁有所疑问
彼何人斯？彼何月斯
彼何天地万物斯
这非滔滔流过的江水
所能回答

（原载《十月》2021年第2期）

花朵苏醒

◎卢文丽

花朵苏醒

应验了它所承受的严冬

阳光和煦

像是从未如此温暖

消融了那些

只活在梦里的

以及那些

竭力想在世上留存的

抱柱的人淹没于众声喧哗

呵，光的力量

也使你反思

这些年如何被自己的影子一路追杀

（原载《上海文学》2021年第6期）

点　赞

◎小红北

指尖上的白蝴蝶，沉默的叩门者
每一次打开是对虚掩的深化
这被捕捉的瞬间之美
林荫路上捡拾光斑的天使
一个季节的触点，链接着
整个春天的身体
这个手指间的性感世界
或千娇百媚，或千疮百孔
你的手指是最后一个成形的洞
这有惊无险的探寻
这注定不完整的退却
这被梦包裹的新年礼物
被期盼，被摇晃，被惊叹
黑屏是时间睁开了眼睛

（原载《作家》2021年8月号）

在路上

◎施　浩

家啊！巨大的汉字
语言高大的建筑物
这座水城中心
我找工作
我奔走在大街上
腹背谷壳吞噬干净
我包裹断脱　裂缝
穿入大厦的根底
你们背道而来。逆道而去
你们的车辆。你们的微笑
停在方向的边缘
我看见你们的脸部苍白

尘土上流动的风
尘土上流动的风

尘土高呼。尘土呛进我的肺部
充满城市的饥渴。使我想起
去年如同飓风一样离开家乡的我
是谁？我的生存如同树根倒立
深入真空。我醒觉了吗
醒觉之后。我的孤独超越了狮子吗

（原载《作家》2021年3月号）

珍 惜

◎敕勒川

你的身体，是一个不朽的源泉
这个世界，从你开始
你一边开放，一边凋零
你忍不住的时候，就诞生了爱

有过一次阳光普照的时刻
有过一次大雪纷飞的时刻
有过一次蔚蓝辽阔的时刻
有过一次咬破舌尖的时刻

当月亮，修正了太阳
当疼，完美了痛
当你，苍凉了我的一生……
我珍惜，是因为我们终将消逝

（原载《民族文汇》2021年第1期）

日记，海子

◎安　琪

诗歌和音乐揪住德令哈
德令哈！
黑暗和光明书写的奇迹
未被世人抓伤的远方之远
甜蜜而忧伤
像即将开启今夜的钥匙
你心领于海子秘而不宣的日记
你投影于故乡的回望之眼永无看透
回乡路的可能！
无论过去，无论未来
你失踪于理想攀援的天涯之梦
以饥饿为食——
当生活冲刷生活
喧闹和寂静揪住德令哈！

德令哈，一念击中的灵感如此广大
如此丰盛，仿佛被施予珍贵的咒语
转瞬飞遍意念中的山川。

（原载《青海湖》2021年第4期）

我终将被烟火中这些事物认领

◎如　风

两碗面，小半碗水，
用力把它们揉合在一起。
一边揉，一边想起
父亲说过的话：和面要三光。
面光，盆光，手光。
回想父亲擀面的样子，
手上的动作
就不知不觉，向着那旧时光
靠拢。

揉面，醒面，再揉面。
这个过程，多像
一个不谙烟火的纤纤女子，
在岁月里日益圆润，
日益被烟火中的事物
慢慢认领的过程。
是的，我终将被烟火中这些事物认领。
就如，一滴向着时光低头的水，
终将从战栗的草尖起身
步入灰蓝色的大海。

（原载《长江文艺》2021年6月号）

万物有着自身隐遁的道路

◎南　子

万物有着自身隐遁的道路——
云的阴影
泉水喷向天空的遗迹
车的鸣叫声在草的内部鸣响
河流的脊背裸露出
一粒细沙

现在　我加入到它们的形体
以灯火后面的阴影
以被岩石磨损后的咸涩音调
和一整座倾斜的水池
我收集万物陈旧的伤口
消失在每一个单独的事物中

其实　万物都有着自身隐遁的道路
不会向任何人道及

（原载《西部》2021年第4期）

看海鸥

◎袁东瑛

第一次，这么近的距离
看鸟，它飞行的速度及花样
堪比一场竞技表演的空中飞行
但，它们不是为了表演
而是觅食

我亲眼看见它呼啸而来
夺走游客手上的肉块，那种迅猛
始料不及；也看见它们
只用长长的一只嘴巴，叼走了海里的鱼
它们飞得自由自在
在我们面前表现得大摇大摆
我更惊奇于它们的轻功
在海面上稳稳的
站姿

没有谁，可以在水上自由行走
船与舢板成了我们的脚
人类的聪明是不断找到了
自身的替代品，也不断地
忘记了自身的缺欠

有时，我们不及

一只鸟威风

（原载《广西文学》2021年第8期）

惊鹭记

◎叶丽隽

乘一艘小船去荒村。茫茫湖面上
鸥鹭苍白，花束般，散落在沿岸的树冠

一旦靠近，它们就成群地飞起
扇动着白翅、灰羽，伴随着低沉的"呱呱"声

或者，并没有声音。那点嘀咕，也许仅来自
几个访旧者，日渐紧缩的内心
也曾苍翠欲滴啊——世界在我们眼中
谁不羡鸥鹭？谁，又消失在比喻的尽头

（原载《扬子江诗刊》2021年第5期）

晨 光

◎秀 枝

当鸟儿拥有光明和自由的空气

当树木拥有温度和水

当群山拥有起伏的胸襟，大海拥有蔚蓝

当白雪拥有纯净的手指，火焰

拥有一颗跳动的心

当大地拥有温热的呼吸，牧羊人

拥有一望无垠的青草地

当故乡拥有游子的消息

当黑夜有了遗忘，当我仍然能够

对着这个沧桑的世界说出

爱，以及忧伤

晨光熹微，晨光啊

再次将昏暗的人间照亮

（原载《小诗界》2021年第3季）

铁器比木头更容易腐烂

◎唐　政

我推开一道门
又推开了一道门
试图在时光的深处
找到与之匹配的秘密
许多桌子、椅子、柜子
都已经发芽
我在一堆铁锈中
分辨锄头、铲子和刀具
水缸里结满了蛛网
映出的是一些破碎的影子

木格窗已经脱落
但又明显缺乏足够的理想
支撑起窗外的亮光
墙上的旧画
有一只贪婪的鸟儿
因为缺乏必要的照应
已经虚弱地闭上了眼睛
斜靠在墙角的拐杖
像从土墙里长出来的
一株灰色的植物

野蜂、蚂蚁和蜘蛛
已经在满屋里

代替了我们的快乐
我在曾经的卧室和灶房
找到了父亲、母亲、姐姐和妹妹
虚无的影子
生命有了复活的动力
而一把带着木柄的铁锤
却让我看到了另一个真理：
铁器始终要比木头更容易腐烂

（原载《作家》2021年11月号）

丝棉木

◎布兰臣

奔跑了一整天，我的
影子拉得很长——
在一个秋日的傍晚，
泥泞不堪的打谷场。

那些红艳艳的果子，
从"三字经"的句子里蹦出，
悄然躲进那片芬芳的荞麦地，
一株忧郁的丝棉木。

愈来愈黑暗，穿过语言的
狭窄小道，抵达那间
空空荡荡的时光档案室，
抵达那些未知的花朵的深渊。

（原载《扬子江诗刊》2021年第3期）

残　缺

◎曾　蒙

每天都有一种残缺
献上百货大楼和街道，
那不多的祝福和虔诚
——献上。
公交车让城市有了清晨
月亮与背影，
同时拥有了熄灭的灯盏
无尽的时间流。
那个喂养江水的人，
拾级而上，将同时隐藏于
树林中秘密的风。

（原载《诗建设》2021年春季号）

曲曲菜

◎冷眉语

如果在北方，不死在锄头下
也会被人们做成菜肴享用
分明是蒲公英的姐妹
却未被正确歌唱
现在，它们像我的词语一样安静

究竟遭遇过什么
它们原本该生长在山坡、田野
是否和二十年前的我一样
跨越一条生死线
辗转到了江南

洁白的牙齿支起着
曲曲菜的微笑
我望着前来应聘的那个小姑娘
深绿色的裙摆

（原载《作家》2021年10月号）

心存美好的人在纸上旅行

◎阿　未

心存美好的人在纸上旅行，在自己
写的诗里，闻花香，听鸟鸣
再去羞涩又激情的意境里
与相爱的人见面，以花香为酒
用鸟鸣表白，而后，他们
眼饧耳热，醉意朦胧
拿情致深婉的诗句，在纸上私语
心存美好的人在诗里怀春，去自己
读出的杏花疏影间，看风景
在幽闭并枯燥的生活里，做一场
欢愉之梦……

（原载《作家》2021年10月号）

斑　鸠

◎高鹏程

我曾无数次听到它的叫声
有时在难眠的深夜，有时在寂静的正午
它的叫声急切、隐忍
但我从未见过这种鸟。
有一次，我似乎看见它了，窗外树梢间
一团小小的黑
但不是，它只是树叶晃动的暗影。

就这样，这只我从未见过的鸟
始终若即若离。
它怯懦又急切的鸣叫，抚慰了我经年的寂寞
我甚至觉得它并不在别的地方，它就出自
我的胸腔和喉咙。

一晃很多年过去了，
有一次，午睡后的恍惚中，我忽然看见了它
立在对面屋顶烟囱上的一只
小小的身影

——第一次，我看见了这种鸟，清晰而又陌生
仿佛我，仿佛孤独本身。

（原载《花城》2021年第5期）

寄畅园

◎中　海

物象皆由心生——
我终于可以坐下来，陪一块
充满醉意的石头说话
陪沉默的杏树，略行观照
心如止水。而水中万物皆遁

——少女梳妆，实际是我的幻觉
她嘟囔的一句话，也是幻听
之词。镜中生莲，仍是比喻
宛转石涧，八音即诵经者
告诉我的一个前方

在寄畅园，这些事物留在山中
而成为山的宗教。无形陷于有形
神走过，无限陷于有限
我走过，身心陷于万物

当我们回到入口，薜荔从寄生的树
回到墙上。这尘世，生死皆可
依靠。细雨、落花和心生怜悯的风
令人痴迷，又令人沉醉

（原载《扬子江诗刊》2021年第3期）

止水帖

◎李　皓

如果我只看见斑斓，却没看见止水
五花山，你就是我的梦魇

不止一次，这模棱两可的人间
被误导的爱，每一段往事
都那么嶙峋突兀

这恰恰证实了你：其心如雪
然而晨雾很难瘦下来
在它看来，彼岸的火更加招展

燃烧是一种境界，看山看水
花枝上的疮疤，断舍离

（原载《四川文学》2021年第3期）

雨 中

◎ 施施然

雷声又滚过一遍，消失在
我心所能抵达的边界

常青树围绕的柏油路在变深
因为，雨在落下

几乎没有风。空旷的街道上
一闪而过的车主在后视镜里
淡蓝色口罩遮住了面容

雨，为世界消了音
沉默的流浪猫
林中失去鸣叫的小鸟
篮球场收起了汗水迸发的喧闹
就连滴水的梧桐树
也停止了晃动

只有我还撑着伞，立在街心
想起上一次在雨中为
流逝的爱情哭泣。二十年时光竟犹如
一场长长的午睡梦醒

（原载《诗刊》2021年第3期）

马蹄寺

◎缪克构

迎面的一个石窟里，佛的真身已经不在
取代他的是三只嗷嗷待哺的乳燕

有时候，所谓渡劫，所谓轮回
就是一年又一年的，似曾相识燕归来

——壁立千仞，那些未完成的空门
实际上早已完成

（原载《莽原》2021年第3期）

海　棠

◎弦　河

院子的海棠，

我以为是苹果。这似曾相识的错觉

并没有让我得到慰藉

不确定的意识里

我一直在辨别真假，并寻找存在的可能性

收于囊中的小确幸

仅仅因为，一点湿度

便让躁动有了苏醒的可能

假使人来往去，也如这花开花落

也如这人，来了几月

便见了几种花开的败落

俗世的事便没了悲欢

没了爱恨纠缠，便将如

残絮未曾褪去的海棠涩果

在日光中渐渐消退，不太懂得

海棠和苹果细致的人

也终将在另一拨人的世界

呈现它真实的模样：

"你要在花开，和果熟的季节，

才能一眼看到它的喜悦"

（原载《西湖》2021 年第 9 期）

秋天，我应该保持怎样的弧度

◎卢　辉

有一个机会：是天给的
不下雨了
好把镰刀放出去，做好
秋收的记录

都有一片天空
一样的蓝
但我的手呢，唯一近距离
把头顶上的枫叶
埋在嘴唇

据说，在秋天
思想的弧度
全世界都一样：只与稻穗
保持同步

（原载《诗选刊》2021年第6期）

我偶然发现一株苜蓿

◎段光安

在瀚海石砾中

我偶然发现一株苜蓿

几朵瘦弱紫花

几片绿叶

探出头来看世界

纤细的根部石裂破碎

我未听到咔嚓咔嚓声响

却感到生命冲击石头的力

（原载《天津文学》2021年第 9 期）

一对火柴的爱情

◎彭 鸣

在蓝色夜幕下朦胧发生
他们怎么走到
这样蔚蓝的夜色里呢

他们就这样
互相蓝调而热烈地在一起
在一瞬间化为硝烟的香

而这瞬间的美丽
这瞬间执着的永恒
是有声音的
恐把天空震成碎片

（原载《创世纪》2021年6月）

一个无边的路由器

◎ 翟永明

一个无边的路由器

悄无声息　占领了我们的身体

像植物曾经占领地球

像动物曾经占领世界

我们会成为远古物种吗?

我们将会成为机器?

机器会成为人类吗?

基因系列管理我们的身体

但毛发、皮肤拜父母所赐

我们的大脑将与宇宙连线

我们的存在退为一种模式

深邃或原始　当浩瀚抵达

我们像星群一样闪耀

像日月一样高挂

我们的听力、视力、味蕾、嗅觉

我们的体验、智能、存在、生死

不过是幻觉、是数据

不过是LED　闪烁着

提醒我们的认知

我们的认知也是幻觉　是数据

但我已远离尘世　成为幽灵

人生没有倒挡

只有倒叙

（原载《上海文学》2021年第1期）

夜　莺

◎于　坚

有一个歌手离开了家乡

走来走去　在世界上

一支支唱着神秘的歌曲

无人知道他唱了什么意思

大家都喜欢这个声音

它令人想起那只夜莺

从前　在故乡的窗外唱歌

有时在黄昏　有时在黎明

有时在柳树上　有时在桉树上

（原载《黄河文学》2021年第5期）

好风来

◎多 多

来，已跟着去
为无知而来而去

一如水之流动
所带走的，所补齐的

一如风之演奏
所抒发的，抒展的

逝者投入风铃的声响
好风好消逝

好风来

（原载《诗建设》2021年春季号）

那厢留言
——给吕德安

◎宋　琳

听见日出的声息我起床，
崖石独坐，海水在下面泼墨。
昨夜对酌谈了些什么？
某年一起投宿的鼓浪屿？
女贞子与黑松曾款待过我们，
现在它们在南风中婆娑。
大担岛浮起来，像睡足了觉，
要一口吞下东海的座头鲸。
我欲向你道个早安，
忽有野鸽群从曾厝垵飞来，
想让我也看看它们的腋窝①吗？
我先行，今天有一段路要赶。

（原载《诗建设》2021年夏季号）

---

① 参看吕德安《曼哈顿》诗："如果我还惊奇地发现，这只鸟 / 翅膀底下的腋窝是白色的 / 我就找到了我的孤独……"

鹰

——赠韩东

◎吕德安

开窗望去：一只鹰的身影
吊在空中已很长时间，
那静止的一幕恍若隔世，
似乎它喜欢这样把大地丈量
将山山水水看个仔细，而
这般地穷其一生，高兴中间
隔着一道寂寞可是叫人思慕的生活？
或者它符咒般地映在天空，
叫人一天眼帘跳个不停，
回到屋里还感到晕眩，
只好向着窗户苦思冥想；
我曾经不止一次地朝着那
黑点的天幕喊去——不止一声，
直到它拍起翅膀才敢释怀；
甚至家也搬到山上，用乱石堆砌，
似乎这样靠它近些，才好去证明
炫目的天空并非空无一物——
今天它豁然凸现在山顶，
又好似要销声匿迹——消失在
光的缝隙里，而我埋下头
把一首诗写得又长又短，
这是否也算作一种回应？
或者我真该再喊一声，

让这一天不再死一般沉寂，
或用力将石头一块块抛去，
再抬头仰望，直至目光充盈。

（原载《草堂》2021年第7卷）

说犬子

◎韩　东

他不知道我们会走多久
不知道我们何时回来。
每一次分别都突然而至
每一次重逢都无法预期。
不吃不喝，焦虑等待
但维持不了几天
他需要生存下去。
开始时还有记忆
渐渐就模糊了养育者的形象。

我们不可能捎信给他
或者让他读懂画面
任何虚拟的信息他都无感
除非你的真身出现。
在他的眼中只有真实（存在为实）
一种动物般自然而然的感情
被瞬间点燃。

（原载《扬子江诗刊》2021年第3期）

新年第一天，在回北京的高铁上

◎王家新

"……多美啊，你看那些冬小麦田，
像不像你们的作业本？"
一位年轻母亲对趴在车窗边上的小男孩说。

"树上的鸟巢怎么全是空的？"
"鸟儿怕冷呀，它们都飞到山里去了。"

披雪的山岭，闪闪而过的荒草、农舍……
"池塘里面有鱼吗？"
"应该有，它们在冰下也能呼吸。"

而我也一直望向窗外（我放下手中的书），
它让我想起了基弗的油画——
那灰烬般的空气，发黑的庄稼茬……

而小男孩仍是那么好奇：
"麦田里那些土堆是干什么的？"
"哦，那是坟，妈妈以后再告诉你。"

而我们从苏北进入齐鲁大地，进入
带着一场残雪和泪痕的新年。

忽然我想到：如果我们看到的
是一道巨大的深黑的犁沟，

像是大地被翻开的带污血的内脏和皮肉，
或是遇到一场事故……那位当母亲的
会不会扭过孩子的头？

什么也没有发生。列车——
在这蒙雪的大地上静静地穿行……

（原载《十月》2021 年第 4 期）

门

◎严 力

对简单的形象
我一直很有亲近感
比如板凳和鞋拔子
唯有对门一直不敢轻信
主要是门后太复杂了
我还听说
为此有人在制作门的时候
特意往里面加进了敲门声
那是干什么用的呢
几十年过去了
我觉得真的很管用
门要时常敲敲自己的内心

（原载《大河诗歌》2021年春季号）

抵 达

◎张曙光

借助这语言

我们抵达

无法抵达的深处

水中的火焰。明亮

而温暖。时间

浇铸成晶体

置身于其中

我们的影子被无限放大

铺向天际

谁能告诉我

我们该如何称呼自己？

又该如何为幽隐的事物命名？

它们久已存在

只是我们无从唤醒它们

在意识黑暗的子宫

现在它们起身

羞怯如三月的新娘

走向我们

暗物质，试管，寂静

一切如其所是

自在而安宁

（原载《作家》2021年1月号）

发光的汉字

◎潘洗尘

我习惯
在黑夜里写诗
所以只使用那些
可以发光的

汉字

（原载《小诗界》2021年第2季）

在北碚凉亭——忆张枣

◎柏　桦

一定是来自长沙的风穿过了凉亭
在北碚，在什么样水果的诗篇里
你的命运才得以如此平静……
你汗脚的气味也幸运地消失了

这个幸福的下午一直要等到我
五十七岁这一天才能最终认出
是因为达玛帮你系好了鞋带
也是因为我们偷吸了两支香烟

世界呀，风会从綦江吹来吗？我
倒想它从合川的嘉陵江上吹来
花开花落，种花者已死去多年
可春天总还是要多出一个正午

日子以秒针计算着你告别的日子
真的！我发现你站在了黄河岸边
当你用右手不停地缭绕着想念……
"一种瑞士的完美在其中到来。"

（原载《青春》2021年第8期）

大蒜简史

◎臧　棣

有点费事，以至于一开始
你就想动刀：拍碎它
身上的枷锁，顺便也教训一下
炼狱的伪装。从紧身衣的角度，
你的鲁莽反而衬托了
一件事情：你不可能
在别的植物那里见到
这么漂亮的鳞叶，甚至蝴蝶的嫁衣
也比不过它对世界的易腐性的
高度警惕。在大蒜新娘
和草莓女郎之间，原本就没有
太多的选择。咖啡如黑色洪流，
但也压不住它用生活的辛辣
去刺激我们的偏见。你最好去试一下，
带着它圆锥形的白头盔，
进入我们的身体，直到那里面
最复杂的人性地形
在它杀菌的效果里暴露无遗。
用烈酒浸过后，消除疲劳的效果
会更显著；何不趁此
把所有的阴影都晒一晒？
你并不需要操心它的味道
是否会妨碍存在与虚无的关系，
你需要的是，它的恩赐

就如同它非常解腻。这样的机会
已经不多了，好好闻一闻
消过毒的镜子里你的真容吧。

（原载《作家》2021 年 7 月号）

雨中的陌生人

◎尚仲敏

雨天总让你心动
特别是深夜，雨落在树叶上
落在一个孤单行走的人的雨披上
那个人是谁啊
在窗口你是看不清的
他为什么这么晚了
还一个人走在雨中
"星座不合是个大问题"
你似乎帮他找到了答案
但是雨，可能一直要下到天亮

（原载《诗歌月刊》2021 年第 4 期）

穹顶之下

◎梁晓明

不是天空限制了我们
而是我们自觉有一个天空，
而且，我们时刻把这个天空牢牢放在了心里
……

（原载《诗歌月刊》2021年第5期）

想兰州

◎娜　夜

想兰州
边走边想
一起写诗的朋友

想我们年轻时的酒量　热血高原之上
那被时间之光擦亮的：庄重的欢乐
经久不息

痛苦是一只向天空解释着大地的鹰
保持一颗为美忧伤的心

入城的羊群
低矮的灯火

那颗让我写出了生活的黑糖球
想兰州

陪都借你一段历史问候阳飑人邻
重庆借你一程风雨问候古马叶舟
阿信你在甘南还好吗?

谁在大雾中面朝故乡
谁就披着闪电越走越慢老泪纵横

（原载《诗探索》2021年第3期）

垃圾桶

◎小 海

唉，事关我们的垃圾桶
我再重复一遍
也关乎我们的思想

让我们接受
来自生活侧翼的慨叹

我们思想的真实命运
就有了它的现实性

我们的残羹剩饭
烂菜叶、臭鱼头
厕纸、烟蒂、果皮

垃圾桶全面阐明
我们精神的状况
那就是：我
可能进入了敌对的阵营

这是我们丢弃的烟头
这是我们啃过的骨头
这是我们逐出的书报

垃圾桶比我们重

已成为生存的事实

倒出每天的垃圾吧
让我们做出
这微不足道的努力

（原载《收获》2021年第5期）

陌 生

◎刘太亨

从成都平原移栽过来的，是一株
低矮的树。在重庆偏北，花园的一角，
靠近藤蔓和悬崖，我种下的
恍惚只是一个意象，只是时光
在搬运中意外丢失的一小截。

好几个黑夜，我都在等待陌生的灵魂
重新入住它的枝叶，和根须，
但它，仿佛并不在时间里，
也不在花园中，而在我的内部，
悄然生长，空候着异地的风雨。

从父亲的凤凰牌自行车后座来的
一株树，从母亲密密的针脚
突然松开的一株树，当它的枝叶，
活转过来，早已是暮色沉沉。

好大的陌生啊！我站在自己的对面，
专注于那日渐淡薄的光彩和欲望，
我突然想到，我自己也许正是我自己
早已挖好的坟墓，在群山之下，
比树更矮的地方，大好山川
真的一定会养出它的好风水？

（原载《鸭绿江·华夏诗歌》2021年第4期）

疆　域

◎荣　荣

这是我一个人的疆域，
一个人的山水地理。
独独对你敞开。

似乎还不够。这起伏的界面，
必须一张张拉开，从立体向平面
铺展。拆散的书页不再装订。

过程会有点长。有点曲折。
你进入时，得有耐心。

也会有不少转折。
风雨埋了伏笔，季节埋了伏笔，
其中有深义。若已模糊，
你也不用辨认。

那些破损、划痕，
那些崩塌甚至阻滞，
全是一个人的混乱。
你无需理会，要记得安抚。

还有我任性的流水。
虚饰的云彩，天真的设防，
情绪里的无端阴晴，

也请你容忍。

我如何说，我如何说，
这些都是你出现前的前奏，
就像一个人生，只为死。

这表述里的无耻，也请原谅。
我不是最初的我，你肯定是
最终的你。那个命定的人。

与我赏雪，听琴，对面围炉。
在两个人的疆域，两个人的山水地理。

（原载《北京文学》2021年第8期）

我曾想

◎杨　键

我曾想，
要是我能说出自己的创痛，
我就安静了。

有一次，
一片被割倒的麦子说出了我的创痛。
它们被割倒时有一阵幸福溢出大地，
它们活着的目的就是被割倒，
它们被割倒时溢出的幸福说出了我的创痛。

一缕青烟也曾说出过我的创痛。
它是怎样说的，
我早已忘记。

如同一粒遗失在地里的麦子，
无法找到。

（原载《思南文学选刊》2021年第5期）

尝试碎片

◎冯　晏

释放一些词，让逻辑冰裂如早春

释放突起，鱼尾倒立出语调的小分子空间

断开连接点，让每个片段都有独立的壳

每个碎片都发热，直到看清骨头

喂，孤独，体内沉船，藏好一块老怀表

释放掉意义，拨去一本正经，说教

释放掉前后挟持，回到花蕊，轻轻舔一下

一瞬间，词语成为自由化身

宇宙粒子的随意指涉。在荒原你露出的

每一根神经都是柔软的，只需抹去一些光

清泉带着海拔沁入到一首诗的耳鼻喉

真正的不眠之夜镇静剂失效了，尽管放灯火过来

释放掉阅读的狂喜，让灰色变暗语感

有利于深刻，打通关键穴位，认知是一口井

释放掉文明牌坊，进入概念以内

摸到山洞里的夜，草床和火盆

释放掉那些潜意识，你是你影子的叠加态

是闪回，破除掉叙事的流畅感和滔滔不绝

你尝试对空无谈恋爱，释放掉悲喜

释放掉常规性，让情感带走嘴唇的黏稠度

释放鹰，升起幽谷和原始森林的能量场

释放悬崖，带上陡峭和思想锋刃

你尝试从镜像的不确定到语言的巨大重启

释放掉蓝，让白云变轻一个湖

也释放掉你的双手吧，让眼睛抚摸路基和每一粒沙

你所去过的海港，村落，车站都是词语碎片

释放掉边界线，抓住雨滴和冰凉

释放氢，今天你只做红气球

顺时针调转海面，轮船，荒岛和野马

释放掉暗示，反讽，直接进入隐喻的神秘主义

"赤橙黄绿青蓝紫"，藏深、藏好，留给意外

（原载《作家》2021 年 9 月号）

不确定的我

◎李元胜

每次醒来，都有着短暂的空白
身体在耐心等待着我回来
从世界上最遥远的地方
从虚空，从另一个身体里回来
有时神清气爽，从某座花园起身
有时疲惫，刚结束千里奔赴
这个我，这个不确定的我
在两个身体间辗转
像篱笆上的小鸟
从一个树桩，跃向另一个

（原载《诗刊》2021年1月号）

白鳍豚

◎龚学敏

和天空脆弱的壳轻轻一吻，率先成为
坠落的时间中
一粒冰一样圆润的白水。

要么引领整条大河成为冰，把白色
嵌在终将干涸的大地上
作化石状的念想。

要么被铺天盖地的水，融化回水
只是不能再白。

时间就此断裂
如同鱼停止划动的左鳍，见证
筑好的纪念馆，汉字雕出的右鳍。

干涸的树枝上悬挂枯萎状开过的水珠
冰的形式主义，衰退在水的画布上。

手术台上不锈钢针头样的光洁
被挖沙船驱赶得销声匿迹
扬子江像一条失去引领的老式麻线
找不到大地的伤口。

邮票拯救过的名词，被绿皮卡车

拖进一个年代模糊的读书声中
童声合唱的信封们在清澈中纷纷凋零
盖有邮戳的水，年迈
被年轻的水一次次地清洗。

那粒冰已经无水敢洗了
所有的水都在见证，最后，成为一本书
厚厚的证据。

（原载《作家》2021年11月号）

虽远隔山川，仍可以感受到你

◎海　男

虽远隔山川，仍可以感受到你
离我远去的速度加快，在长离别中
虚拟只是一个词，粮食也是一个词
无论火车有多快，心跳仍然在原地驰骋
草垛上的光芒，可以让我们享受一生
乃至下世，那些弯曲捆绑过的稻草中藏着黄金
首次驰往灵魂战车的船帆总能找到内陆
我不是你的太阳和月亮
但我可以依倚墙壁，分辨沙砾尘埃的层次
并将一粒向日葵用手指塞入泥土
并期待几天后就看到胚芽和人世的奇迹
从说话，语音弥漫，
打开箱子，将衣物平铺方寸角隅
人世的秘密
从相守，咀嚼咽下摩擦中的火花刺痛感
到离别再重逢，都是一次看不见的彼岸
我的话语中，没有一面旗帜在索引幽灵们上岸
我额眉如同石灰岩上的纹理在诉说着时间

（原载《诗潮》2021年第3期）

种 菜

◎沈 苇

布谷鸟从初春叫到初冬

永远唱着同一首歌

仿佛时光忘了自己的使命：流逝

不必跟我说诗和远方

当我专心伺弄一小块土地

等同于重建自己内心

今年，我种过菠菜、莴笋、茄子

现在要种下过冬的麦子和蚕豆

土地从不记住它的劳作者

即便土地把我当作一株青菜看

这也不是什么不好的事

……越过这个冬天

布谷鸟还会鸣叫

而时光，会继续忘却

自己的使命：流逝

（原载《钟山》2021年第5期）

壁　虎

◎蓝　蓝

它并不相信谁。
也不比别的事物更坏。

当危险来临
它断掉身体的一部分。

它惊奇于没有疼痛的
遗忘——人类那又一次
新长出的尾巴。

（原载《诗建设》2021年夏季号）

秘密的

◎叶 舟

秘密的写作，多么好。

像一个人抛下秋天，
远离大气，对天空和鹰隼
关闭了窗口。
这秘密的散步、酝酿与回眸，
等于一生的发酵
恰到了火候。关于忏悔，
关于爱和败北，
一切命运的陈词，而今
却漏洞百出，只剩下
秘密的念想，犹有余温。
在河流的身旁，在一座
静谧的山谷，小人
宴饮，英雄磨刀，
一个落英的时代，必定
有一次决然的出走。
哦，这秘密的灰烬，
簇拥着自己，
扪心，冥想，聆听，
而后让内心大雨如注，让秋天
成为荒凉的证据。
这秘密的写作，多么好，
像一个匠人站在

钟表的内部，被时间
缓慢地修复。

（原载《诗选刊》2021年第9期）

慢

◎谷　禾

我热爱世界所有的慢：水杉和松柏
看不见野草生长。庭院里的石头
怎样生出了茂密青苔？垂下绿荫
的叶子，你描述不出它分秒的变化
从树下走过的人：年幼的，衰老的
被爱击中和放弃的，他们不同的面孔
都刻入了年轮的密纹。也不曾有人
在一棵古松下重逢，它的枝柯入云
根须在石头深处饮水。在云泥之间
虬曲的树干作为见证者，也是化石和信使
更高处的白鹭，一动不动如云的虚拟
菩提树下修行的僧侣，把每一片叶子
都当了庙宇，在坐化之前，他的肉身
受尽了慢的侵蚀。桑田比邻沧海
谁是今生，谁是前世？
昼与夜交替，世界并无一瞬间的静止
卑微的爱，也是时间铭记的，伟大的慢

（原载《文学港》2021年第3期）

黄色塑料皮

◎桑　克

黄色塑料皮包裹着我或者
我是黄色塑料皮之中滚动的水滴。
呼吸是竹筷代替的，而我的肺又是被谁
租借给黄色潜水艇的蓝色厨师？
翻滚的绿色眼皮在来源不明的光中掀起与关闭，
而被它扫视的范围一会儿放大一会儿缩小，
仿佛灰色水槽里奋斗的鱼鳃还是鱼肚皮？
从塑料皮里脱离的黄色弥漫在它能伸展其中的孔隙。
到处都是温暖的黄鱼，它自怜地拥抱
含混不清而又激动的自己。

（原载《作家》2021年10月号）

玻璃与人

◎雨　田

某日　我从玻璃制品厂出来　有一种
无法说清的　被历史或记忆切割的快感
我知道玻璃的前生是石头　它被粉碎
而诞生　是火焰改变了它的命运　才与人相遇

我从物态的玻璃看见了死亡　另一种真实
触摸到我内心的伤口　谁让我的情感
如此冷却　从精神到精神都是彻骨的寒冷
玻璃是有骨头的　而人的尊严光芒才是本真的

日常的生活中　玻璃易碎　但我从它透明的语言
看见了擦痕　也看见了黑暗给我们留下的阴影
或许玻璃就是一种冷漠的火焰　正拒绝着
充满欲望的人们　人的骨头只能站立　不能弯曲

（原载《草堂》2021年第4卷）

爆破音

◎梁　平

在书房听窗外的鸟鸣，
缠满绷带的时间婉转地流走，
轻缓、曼妙得像赝品。
浸淫久了，小夜曲每个节拍，
都在凌迟我的身体。
看见太多不想看见的，
听到太多不想听到的，
说不出话来，嗓子有异物阻碍。
我的血液和呼吸在胸腔里，
集结成气流，攀援而上，
我在气流的上升中收腹挺胸，
眼睛平视前面的方向，
整个世界剩下翻书的动静。
此时此刻，只需要把嘴打开，
气流喷薄而出，发出爆破的声音，
闪电把一把手术刀挂在天上，
我的爆破音，排山倒海。

（原载《作家》2021年2月号）

山水帖

◎叶延滨

巍峨哉悬崖在头顶高耸
我渺小如山脚之灌木
如一春一秋之草芥
但我竭力正视这庞然巨峰
正视它，我目光向上
越过悬崖之尖
上面有天空
天空浮动云朵
云朵之隙在星斗闪烁
我与星子同在！

瀑布在峡谷面对我怒吼
同时也在放肆地狂笑
若是贱为一朵浪花
飞溅还是跌落？
我必然要选择飞溅
飞溅如雾
飞腾为云
云海翻滚携着闪电
还有回答咆哮瀑布的
那一声雷鸣！

（原载《人民文学》2021年第10期）

瘦西湖

◎陈先发

礁石镂空
湖心亭陡峭
透着古匠人的胆识
他们深知，这一切有湖水
的柔弱来平衡

对称的美学在一碟
小笼包的褶皱上得到释放
筷子，追逐盘中寂静的鱼群

午后的湖水在任何时代
都像一场大梦
白鹭假寐，垂在半空
它翅下的压力，让荷叶慢慢张开
但语言真正的玄奥在于
一旦醒来，白鹭的俯冲有多快
荷花的虚无就有多快

（原载《作家》2021 年 4 月号）

我看到了一辆车的骨骼

◎张洪波

在汽车制造厂的车间里
我看到了一辆车的骨骼
复杂　坚硬　耐力
让我羡慕不已

我非常认真地看着
那些默默无语的钢铁
相互支撑着
结构着美和力气

轻轻地抚摸一下
那一瞬间
竟然感觉到了
一种真实的体温

一辆车的骨骼
和一个人的身体会有什么区别？
当它穿上外衣
和我们一样光彩
可谁也不知道
它正在承受着什么

看到了一辆车的骨骼
就像看到了自己的内部
从此　对自己更加信任和珍惜

白马寺

◎刘向东

白马驮经到洛阳
晨钟暮鼓生死高僧来去隋唐
时断时续一炷香

（原载《扬子江诗刊》2021年第4期）

祁连山

◎大　解

舍我祁连山，河西无走廊。

舍我祁连山，白云悠悠无故乡。

西望昆仑，南接秦岭，青山白雪牧牛羊。

（原载《青海湖》2021年第8期）

名字就叫达尔文

◎姜念光

有一个人在空旷的地方堆土
已经干了很长时间
孤立的、尖圆的土堆，耸立在那里
弧线光洁，形式完美，甚至骄傲

不知道要用土堆来干什么
它显然超出了所有实际的用途
但它还在增加，更完美也更骄傲
也就是说，那个人一直在工作，是的
就是工作。身心专注，兴致勃勃

像最坚定的一类人的那种不知疲倦
像信仰者的那种自觉
在我们中间，迟早会出现这么一个人
叫什么不重要，孔子、柏拉图、莎士比亚
牛顿、康德、杜甫、但丁
都可以。起个名字就叫达尔文吧

肯定会有这么一个人
如果没有，你也能够成为他
如果一次不够，就再活一次
冒着大太阳，冒着误解和风霜雨雪

到足够空旷的地方，找一个原点
于立锥之处，积土兴山
打造一轴，听辨天地运转之声

（原载《人民文学》2021年第1期）

和自己和解

◎钱万成

当一切抗拒无效
当身体受到疾病的威胁
我必须做出让步
自己和自己和解

我必须坚持早睡早起
延长白天　缩短黑夜
让噩梦远离
让眼睛多看一会儿明亮的世界

我必须坚持只吃七八分饱
留下二三分空间吃药
病魔也需要安抚
不然也会狗急跳墙

我已戒烟多年　必须限酒
酒已让我在亢奋中
挥霍了太多的生命
所剩无几　必须好好珍惜

（原载《星星》2021年8月）

"人……"

◎王学芯

"人……"
最后一次的声音很小
这种现象　经过无数春秋
嘴巴两边的褶纹　对称起来
如同一个巨大括号　里面的喉咙
像扇门　减弱吱吱声响
在轻轻关上
仿佛非常安静的空间正在变幻
出现的佳境　光斑
蜕化成瑰丽的蝴蝶
掠过盆栽花丛　看到云和天空融为一体
脚步迈上了群山三级台阶
而随着咫尺的远方临近
静止的悬望
新的存在　变成了一缕絮语
模糊的　结冰的河流

（原载《十月》2021年第2期）

春 祭

◎李少君

回到山坳里，回到祖居老家
就知道祖先还在，祖先与青山共在

站在树下，清风就会吹来
祖先就在你耳边低语
走到田野间，细小的虫鸣声中
祖先就沉默下来，乡村异常安静

桃树李树杨树桂花树
整整齐齐围护祖居
代替你们陪伴祖先、照料院子
麻雀燕子青蛙仍旧居住四周

子孙们举牌捧碑敲锣打鼓排列而上
放鞭炮，烧纸钱，齐头跪拜
纸扎的高楼大厦顷刻灰飞烟灭
祖先在远处注视这一切

仪式热热闹闹，乡间红白皆喜事
但青山不动，祖先不语
人间春如旧，柳色年年新
子孙一茬一茬出生成长
祖先在山冈上，守护着此地

（原载《诗选刊》2021年第4期）

我还是更爱北方的春天

◎任　白

我还是更爱北方的春天
无数绿色的舌尖
从衰草的遗骸下钻出来
一遍又一遍地告诉我
它们有九万条命

它们有九万条命
尖细的啸叫渐渐宏大
在地表之上结成电磁围幔
一条绿荧荧的飘带
抱着我们复活时
雷电的荆冠

我对明天的全部信念
都是北方春天规劝的结果
是青草、野蒿和漫山梨花
一同告诉我的
还有丁香树
它的甜蜜里还闪着旧疾的光芒
干裂的土地也被春水弥合了
江河在大地上流淌
今天像昨天和明天一样

（原载《诗探索》2021年第3期）

好石头

◎阎 安

好石头住在遥远的山谷里
有白色泉水白哗哗冒出来的地方

好石头住在白云像白鹤一样飞过的悬崖上
有神秘鸟儿独来独往和时间谈心的地方

好石头住在白石头的白里
住在蓝石头到不了人也到不了的地方

好石头就像蛋黄住在蛋壳婴儿住在子宫
就像月亮里的金黄住在月亮上

（原载《诗选刊》2021年第1期）

反 转

◎老 风

每年，总有那么几个夜晚
我在湖边看着水面　叹息
一颗星星落下
轻则如一片叶子
重则如一只苹果

坚毅、勇敢，并且应该永远乐观
当我想起这些词语
星星重新回到天空
叶子再次绿在枝头
那只苹果　便把成熟当作
它一生的希望

（原载《文学港》2021年第9期）

一群乌鸦在雪地里涂鸦

◎高　凯

我发现了一个词语的出处
一群乌鸦在涂鸦
在涂自己

乌鸦看上去很黑
给雪地里涂下了一些墨汁
但乌鸦留下的爪印却和雪一样洁白

乌鸦从不报喜也不说谎
突然会"啊啊"几声
吓人一跳

一群乌鸦在雪地里涂写自己
再厚的雪都会消失
但乌鸦不会

（原载《民族文汇》2021年第3期）

回到出生地

◎谢克强

来得及抖落都市风尘
村庄、河流和黄灿灿的油菜花
迎面远远地拥抱着我

风　像我一样自由自在
阳光　也不像城里那么拥挤
至于空气新鲜得格外迷人

只是走在废弃的村路上
那些浸在田畴里的方言俚语
消解不了我的惆怅与迷惘

这用泥土谷粒哺育我的故土
这用炊烟野花让我认识人间的故土
这用汗水农谚教我做人的故土

有时停在时间之外
有时又站在岁月之内　多少往事
如烟如缕　浮在心头

是呵　离开出生地多年
无论何处　除了思念就是忆念
要不　就梦回故土

而今　抚慰我的乡愁引我归来
不知能不能找到一荒地　埋葬我
落寞孤独的暮年

（原载《诗歌月刊》2021年第3期）

冻红的石头

◎陈人杰

高原并不寂寞

世界上，不存在真正荒凉的地方

孤独，只是人感到孤独

一天夜里，我看到星星闪烁的高处

雪峰在聚会

又有一次，我从那曲回来

看见旷野里的石头冻得通红

像孩童的脸。而另一些石头黑得像铁

像老去的父亲

它们散落在高原上，安然在

地老天荒的沉默中

从不需要人类那样的语言

（原载《绿风》2021年第4期）

哈巴河

◎亚　楠

我沿着记忆穿梭
白桦林

古老的忧伤。太阳雨
倾泻在大地上

那混沌里的光
恍恍惚惚，宛如弥留之际的人
突然被时间照亮

而远处的山水静默
在开阔的视野里，有人把
镜头拉近

循视线勾勒的图案
象形文字
都被一朵云破解

此时，假如出现彩虹
清凌凌的河水
就会在大地上开花结果

（原载《西部》2021年第1期）

闲 章

◎马 季

游船空寂无人，依身岸边
水鸟垂下脑袋，单脚立在船桨上打盹
一群孩子挥舞着树枝奔跑而来
山脉苏醒，天空瞬息万变

我的骨骼嘎吱作响，金属般滚烫
涉水的欲望如画卷舒展，一览无余
饥渴的马灯，在脑中点亮。河流
巨大的容器，蓑衣编织的怀抱

我像一个被夺去原味的果子
在草地上翻滚，歌唱雨露与月华
还有余温。远处的山峦像风中的树叶
在水流中涌起波浪、泡沫、光影

人生的留白注定多于墨点
那一天旭日当空，狂野如虹
我留在堤岸沼泽的脚印
宛如散落河川的一枚闲章

（原载《人民文学》2021年第2期）

父亲和树

◎董瑞光

父亲的一生，从没和树说过软话
树直，他比树还直
树硬，他比树还硬
树高一尺，他高一丈
他用树做成各种各样木器
盛水　装米　收纳衣物
余下的边角
他用来取暖煮饭，下酒
最后，他用树
做成了句号
躺进去，埋在了地里

树知道他一生的秘密
树，宽恕了他

（原载《作家》2021年6月号）

白色，涉水而过

◎唐继东

一列火车载着透明周末
驶到远方深处
松花江水把童年那枚石子
冲到今天的岸边

我和弟弟一起
在一场清澈诉说中回到童年
那枚石子，是江边一叶
木制小舟
载满野花、流水，和父亲
遥遥远远的声音

轩轩沙滩上奔跑的影子
是我们曾经的童年
洺洺长大了
青春期偶尔会把我们隔开
把他独自留在一个发呆的窗外

帐篷恣意绽放
漫溢咖啡的香气
飘逸裙裾
是夏日的风飞翔着的
白色羽毛

我在江边奔跑

周末在江边奔跑

水墨丝巾在江边奔跑

一首小诗轻盈洒落

长成绿色的水草

用来隐藏蛙鸣，和

绿色的月光

偷得浮生半日。多么好

一束洁白光线坐在江水之上

看着那么多琐碎红尘

被江水

席卷而去

（原载《作家》2021年3月号）

看见老烟标所想到的

◎杨志学

烟雾消失了
香气走远了

老烟标还在
空留下，丝丝缕缕的记忆
只是不知道
谁会记得更多、更准、更详细

岁月仍在燃烧
燃烧的岁月在诉说
诉说生命的存在与更替

是的，我们看到的历史
往往都为重要的事情所占据

却不知这其中
忽略了多少琐碎但又
十分真实而有意义的细节
而谁又能为它们补充上
不可或缺的佐证
或血肉丰满的一笔

（原载《牡丹》2021年第6期）

水里的天空

◎白小云

为了说出他真正的混乱
不使混乱丢失分毫
他研究混乱的逻辑
研究如何有秩序地描述
一堆豆子所有偶然性碰撞
里的必然性，或反之
研究建立混乱表象的规范、
内在的力量，研究
疯子眼中的正常
与水中倒影的关系

混乱过多的光芒
最终拖垮了他
他在无限接近真相的研究中
彻底成为混乱本身
溺在天空的水里
使那理论透明浩大、
不复存在
也因此与混乱
互相占领

（原载《钟山》2021年第4期）

宣　示

◎柳　苏

我们不厌其烦这样做
出于，深藏内心的爱
没有得到很好释放

一望无垠的田野上
多少草木在蓬勃生长
谁关注到哪一棵？

我要踮起脚尖
我要挤到他面前
大声宣示：虔诚，认真，执着
我都兼容

（原载《诗刊》2021年6月号）

棕 榈

◎林　白

那醉意渐浓的棕榈树
一阵风解开了它自己
裙裾的深处
那硕大的花
金色的苞蕾层层叠叠
卷曲的细叶在膨胀
南宁的青秀山，收尽了
白日七彩的羽翼

好吧，晕眩着我弯下腰
朝向你光明的喘息

（原载《作家》2021年2月号）

碎 冰

◎虹 影

我的名字
发出声音
在冰底三尺之下听见，很久你不和我面对面
三尺之上是我的魂，我已迷失太久
我四处游荡，没有归宿

冰里有乌鸦的身影
为什么不是你
为什么不是我

冰里有幢灰楼
可以反射出岸上的倒影，那么多
孤独的鱼停止在里面

冰上有脚步，那么杂乱
那么匆忙和惊慌
不是你，也不是我

冰里的爱情是冰
除非你把我的名字虹
从我的身体里清除

（原载《作家》2021年5月号）

黎　明

◎陈应松

水鸲的尾巴在那里频翘

仿佛在撩动水波

又仿佛被流水的响声惊吓

初夏的早晨，空气裹着

清凉薄荷的香味

我像换了个人

在水边的青苔石头上

拭着大地湿漉漉的柔软

小声表达生命的惊讶

盯紧一条溪流的树

和自在飞落的水禽，都那么优雅

动静皆宜。被那些烟云抹去的

不是悲愤，你的轻描淡写

道出了山冈——这座最美废墟的温情。

（原载《长江文艺》2021年第10期）

擦肩而过

◎王祥夫

我与喜马拉雅之雪擦肩而过

我与印度洋的飓风擦肩而过

我与亚马孙的淫雨擦肩而过

我与法国的薰衣草擦肩而过

我与天池西王母胯下的飞鱼擦肩而过

我与毕加索的鸽子擦肩而过

我与响尾蛇的岩石擦肩而过

我与新郎的夜晚擦肩而过

我与凡·高的药片擦肩而过

我与弘一法师的木鱼声擦肩而过

这注定不是诗歌

一切都没有韵律

当所有的东西都与我擦肩而过

我与我自己擦肩而过

我回头看见与我擦肩而过的自己

一个人

在冰冷的原野奔跑

（原载《诗潮》2021 年第 1 期）

是 夜

◎荆　歌

割破星
割破记忆的肌肤
心血流淌
卑微的内脏
年华背面
有暗自运行的密码

被形式鼓动
跟自己影子跳舞的瞬间
光拖着长长的尾巴
从钟声的缝隙穿过
乌鸦闭上昨日的眼睛

（原载《作家》2021年2月号）

经验全然无用

◎鲁　羊

有时候，经验全然无用
在这个走投无路的黄昏
世界开始拒绝我们的经验
那些灵丹妙药般的
经验都被瞬间废弃
是的，它要我们知道
所有经验都是对世界的腐蚀
都是奇怪的傲慢
它要我们，每一步
都是蹒跚学步
每一次看世界
都是最初的一眼

（原载《雨花》2021年第4期）

醉

◎黄　梵

我醉过，现在
不再喝酒，就不醉吗？
如同自由自在地走路时
就没有舞步吗？
就像侃侃而谈的闲聊中
就没有谜底吗？
非要行到水穷处
才有远方吗？

我的醉
早已储在一罐好茶中
它和酒一样，都需要
多年的生涩来酝酿
那一江的春水里
仍有世代的冷梦、仇恨、伤口……
一放入茶，就和我分道扬镳——
就把黑发醉成白发
把仇恨醉成原谅
把伤口醉成眼睛

（原载《诗建设》2021年夏季号）

绿

◎郑小琼

醒来的身体，它初春的寒意
绿了窗台上一盆小小的水仙
——它小小的秘密，小小的惊慌
春风轻触着荔枝林的脖颈，那些冬天
乘车远去，剩下一坡屋顶的春天
以及绿色的合格单。我的爱在机台上
闪着光，它是绿色的叹息
像铁屑一样胆怯，纷飞，杂乱
向着受伤的指头靠拢，那些离别的痛
在窗台长出一盆忍冬青
像他的手在挥动
一寸一寸地在体内流动着
这些肉体与思念也有着绿的葱郁
暗淡的绿，在远方盛开
迟来的春天，在体内生长
它们的忧伤，是海洋
她的时光，在短暂的眺望里
多少爱已隐于暮色，只有灯火
照亮这颗微暗的心跟漂泊的纸片

（原载《作品》2021年第1期）

鸟

◎爱　松

有一只鸟掠过
它的影子落下来
我想接住
阳光在上头晃了三晃
穿透我的心思
它便掉进来
成为三次滚石

（原载《诗歌月刊》2021年第10期）

十二月

◎张惠雯

白日的箔片四点钟便沉沦了
云层像旧毡毯
十二月
大地已裸
雪还未降
树向天空举起瑟缩的手指

你坐在屋里向外看
搅拌一杯热巧克力
像搅拌甜而索然的幸福

十二月
节日都准备好了
穿裙子的圣诞树伫立壁炉边
缀满灯、铃铛以及孩子们梦想的发光碎片

外面　坚强的野雏菊已被寒冷击碎
十二月的冬日
适于储藏
而非开放
适于坐在温暖的屋里想事情
像玩儿折纸游戏
把记忆折叠成不同形状

你折叠记忆

台灯光折叠你的影子

以及这个被称为家的空间

昏暗和灯光交融得那么柔滑

如同水和巧克力

旧时光化成烟逃逸而去

或结晶成颗粒

沉落在十二月的杯底

（原载《上海文学》2021年第6期）

人类的童年

◎马 拉

有一天，我和母亲从田地里回来
她突然说：
人太苦了，狗尾巴草活得也比人快活，
乌龟王八活得也比人快活。
我很快活，母亲的话我没有听懂。
当我知道我是一个人，
有着普通的情欲和人类的虚荣，
海水上涨，淹没了我的童年。
母亲由于衰老而做回蹒跚学步的孩童，
她变得快活，还没有长出牙的嘴里
说出世间最朴素的道理：
你还没有成人，所以你快活

（原载《汉诗》2021年第2期）

镜 子

◎甫跃辉

无处不在。雨后日光鲜亮。我看见
我走在一面镜子和一面镜子之间
无处不在的镜子，在真实的我和
虚拟的我之间。无处不在的我
在真实的镜子和虚拟的镜子之间
落日在我身后熄灭，黄昏在眼前的
一面镜子里点燃，而星星一颗颗滴落
从梦的钟乳石——夜的山洞里滴答有声
我看见我在一面黑暗的镜子面前
我盯着镜子里的我，从他眼睛里
认识皱纹，从他头发里学习遥远的暴风雪
他在镜子里看见我转过身去，我看见镜子外
他越走越远，星星新鲜的骸骨散落在脚边

（原载《雨花》2021年第10期）

水与火

◎刘　汀

因为对水感到失望
我走进火里
这可疑的燃烧
从不温暖任何事物

那把切肉时麻木的刀
面对我的手指
却变得锋利无比
其实，它对血肉无感
只是善于吞噬尖叫

现实越来越令人厌烦
我开始痴迷做梦
在梦中，爱蔓延如涎水
在梦中，我严词拒绝一个
前来借火，却不抽烟的灵魂

（原载《上海文学》2021年第5期）

世间有什么

◎蒋　在

世间有什么
无法被水磨平的
却证明了时间
种下了
灯座上的鸟

世间有什么
无法佐证爱情的
眺望
让人忘记了
虚荣中
短暂的忠诚

（原载《扬子江诗刊》2021年第1期）

一只上个时代的夜莺

◎华 清

如烟的暮色中我看见了那只

上个时代的夜莺。打桩机和拆楼机

交替轰鸣着，在一片潮水般的噪声中

他的鸣叫显得细弱，苍老，不再有竹笛般

婉转的动听。暮色中灰暗的羽毛

仿佛有些谢顶。他在黄昏之上盘旋着

面对巨大的工地，猥琐，畏惧

充满犹疑，仿佛一个孤儿形单影只

它最终栖于一家啤酒馆的屋顶——

那里人声鼎沸，觥筹交错，杯盘狼藉

啤酒的香气，仿佛在刻意营造

那些旧时代的记忆，那黄金

或白银的岁月，那些残酷而不朽的传奇

那些令人崇敬的颓败……如此等等

他那样叫着，一头扎进了人群

不再顾及体面，以地面的捡拾，践行了

那句先行至失败之中的古老谶语

（原载《芳草》2021年第3期）

听 觉

◎何向阳

我要在一堆公文中
找到鸟的叫声
文字的连篇累牍
也无法掩盖它的啼鸣
但究竟是喜鹊还是
一只杜鹃
仍需悉心分辨
接下来的字里行间
我要找出山楂或是芍药
它们盛开的容颜
那原本的面貌
早避开了人的目光
或者是他的
视而不见
让我一定要把
它们找到
白色、浅红
来指引我吧
以你的明灭
如星
现于黑夜

现于你明眸一瞥
万籁俱寂

现于隐身和时间
暗藏的陷阱

我听到了鸟的叫声
在成吨的纸张
还原后的
一小片丛林中

（原载《作家》2021年4月号）

此 刻

◎霍俊明

没人在意
也没人能分得清
枯木上的乌鸦
和河岸岩石上的乌鸦
是不是同一个族类

此刻
有人在雪松下缓缓走过
只有一条灰白的路
有些事物
注定是被规定过的

比如脚下的这条路
此刻，有人被一只灰鹳吸引
被一条同样灰白色的河流吸引

卵石坚硬
有些瞬间掠过的翅膀
却在黄昏中
闪着金属的光泽

（原载《星星》2021年第1期）

三伏天祈雨

◎罗振亚

松花江和嫩江都流淌于书上
那条叫讷谟尔的河汊子
也住在三十公里之外
黑土地因干渴张开的裂口前
跪着上百双虔诚的膝盖

瘦弱的玉米小麦耷拉着头
老马拉紧沙哑的犁铧忍住嘶鸣
毒太阳仿佛钉在了头顶
门前看家狗伸着舌头一动不动

"冰棍儿——冰棍儿——"
杨家二丫水灵灵的叫卖声
才让患上消渴症的村庄
睁了一下恹恹欲睡的眼睛

膝盖们还在祈祷着
雨却迟迟没有来

（原载《中国诗人》2021年第4期）

沉　默

◎高　兴

沉默
他已写下两个字
他已两次打破沉默

这虚伪而可怜的沉默者

（原载《人民文学》2021年第4期）

牵引指南

◎杨小滨

微型的绞架，灵魂的测试仪，
卷起多少濒临窒息的魅影。
顺着绳索，白日梦一直
飘到天花板，和飞蛾们
一起寻找生命的出口。
伴飞的还有一只果蝇，
它有时俯冲下来，仿佛已经
厌倦了徒劳的升华。但
那么多的头颅都只能
沉溺于疼痛的海拔？谁召唤了
生命中不能承受之重？
假如圈套能够骗过猎物，
还会有谁徘徊在寂静边缘？
抬起下巴，用咬肌使劲
思考：要不就这样钻进
世界的喉咙吧，那里
有早已被幻觉吞噬的，
时间的骨骸，等待咀嚼。

（原载《草堂》2021年第3卷）

石　头

◎吉狄马加

那些石头，
光滑圆润的皮肤，
承载过天地之间
光芒灵气的烛照。
它们散落在河滩上，
犹如独自伫立
于夜幕的星星。
白天，那光的瀑布，
将虚无的链条
潜入它无形的宅园。
夜晚，黑洞的光束
倾泻而下，细小的纤维
滴入它无形的嘴。
黎明的时刻，
那吹拂的风，让它内部的结构
像秘密幽黑的戏剧。
"我们无法进入它的内部，
永远只能看见它的完整。"
不能破坏的整体，
假如失常的铁锤选中了它，
在四裂飞崩的刹那间
它所隐匿的一切都不复存在，
犹如神灵的一声叹息。

（原载《十月》2021年第5期）

浮生半日

◎鲁 娟

一只鸽子在阳光下踱步
低头和自己玩耍
用短小的喙啄它的影子
偏向左，偏向右
分不清哪个更真实

多像我，常常在镜子里
照见另一些
暴躁的，安静的
轻率的，谨慎的
尖锐的，柔和的影子
到底哪个更像我

而，此时
这微风，这间隙
这清闲的，放下一切的我
一定是从忙碌的旋转的我那里借来的

（原载《作家》2021年10月号）

呼兰河畔的傍晚

◎安　然

天地寂静，春光落在河面
一切都变得秩序井然
黄昏、牧场、小路，以及我内心的
浩瀚之音，它们在呼兰河的弯曲中
露出整齐的牙齿，像皓月，像北斗七星
像某月某日，回到了古代的石壁上
微风吹着你，和我。和时光深处的不治之症
和河畔上骤然生长的垂榆
夜幕挂在天际，你，和我，和汩汩流水
在夕阳中比肩而居，拥抱而眠

（原载《民族文学》2021年第8期）

笼中鸽

◎文　西

鸽子白色羽毛

歪着脑袋

缩成小小的一团

眼睛里什么也没有

它不知道外面发生的事

和接下来的命运

隔壁屠夫在杀鸡，羊，狗，鱼

砧板上的猪肉快卖完了

如果一个人被关在笼子里

我知道他有恨，恐惧，求生的欲望，计谋

出来后怎样进行报复

鸽子在想什么呢？

别猜测了

永远不会有人知道

（原载《草堂》2021 年第 6 卷）

海上的星

◎冯　娜

踏上波涛——
椰树寻找它内心的暗影
繁殖依旧旺盛，果实搂抱着烈日

根茎讲述锚的轨迹
船停靠不到的地方，破碎的词语
从网中漏出
那颗再也照耀不到你的星
在发烫的歌中　　沉落

它得到了前所未有的清凉
这是人们渴望过的告别

（原载《广西文学》2021年第11期）

天空的蓝落向人间

◎张牧宇

秋天的稻田
一望无际的金黄令人感叹
远处田野的收割机扬起尘烟
收割后的荒芜泛着温暖的香甜

我是这样的——
尽可能更多地热爱
所相遇的衰落与寂静

有的人离开，有的人在赶来
风吹起树叶
天空的蓝落向人间

（原载《作家》2021年3月号）

轻

◎冯　冯

母亲热菜时不敢热鱼头
鸡爪子鸡头更怕，只吃其他部分

母亲不敢开电视，怕触电
她怕手机振铃，怕陌生的敲门声

母亲拿什么都开始轻了，走路也轻
躲着高楼大厦走，怕被掉落的东西砸了

母亲端起茶杯，好像端着她的命
生怕一不小心掉在地上

（原载《作家》2021年4月号）

学会对习以为常报以感恩

◎包立群

拈起左臂上的余温
我们都被一个季节深爱过
什么样的歌声用来抚养青草
多想用日渐稀疏的荒原
承载下一个丰满的日出

谈笑风生的你
这一站就已缺席
映着你的脸庞的那些露珠猝然零落
所有人，或者觉察
或者装作浑然不觉

那些举目里无极的天涯
随时现身成边界
一个个背影提示着人间
学会对习以为常
报以感恩

（原载《诗歌月刊》2021年第9期）

在高原

◎曹有云

在高原
我们经历过不少石头

名贵的，比如玉石
普通的，比如岩石
更多的则是寂寂无名的卵石和砾石

身边的人来了走了
多了少了
笑了哭了
有如激流，动荡不安

但石头们一直都在
不言不语，不增不减，不生不灭，不悲不喜
有如永恒，屹立不倒

我目睹
一颗石子儿要比一个人长久
一把沙子比一群人安然无恙

其实，偌大的高原就是一块偌大的石头
高悬在天边
有如星辰，照见世界

（原载《延河》2021年第7期）

万物使我缄默

◎苏笑嫣

出于羞惭　万物使我缄默

兴安落叶松油绿　好像集体哭过一场

于是午后饮马　在斜枝下稍立片刻

南风带来一生错过

吹长了一串雁子的阵型　云层低垂　而天空悲伤

昨天的话一如往常　端坐在今天的树枝上

——那果实曾经甘甜而如今酸涩

耐心等待　时间　把它酿成美酒　以及更多的沉默

我同树木一样无所事事

或席地而坐　读乏味的书　写下无用的文字

不发一言

或看两株虞美人　在风上相爱　相爱又分开

林间营营有声：一场隐秘的对话

潮湿的风向惶松

天空随雨水一同降落　一种辽阔的战栗

飞鸟如箭　倒影是留恋一切以及淡漠一切

（原载《诗林》2021年第3期）

敬 告

由于编选时间仓促、工作量大，未能及时与所选作者一一取得联系，请见谅。现仍有部分作者地址不详，为及时奉上稿酬和样书，请有关作者与责任编辑高丹联系，我们将尽快为您办理，谢谢您的理解和支持。

联系方式：
电话：024—23284306
E-mail：12274210@qq.com
微信号：15640369577

辽宁人民出版社
2022年1月